Super-Mike
Zwischen Realität und Wahnsinn

AF272549

Martin Schwander ist 1987 in Bern geboren und aufgewachsen. Er hat die pädagogische Hochschule in Bern abgeschlossen und ist als Lehrperson auf der Sekundarstufe 1 tätig. Die Literatur fasziniert ihn schon seit längerer Zeit.

Nebst dem Lehrberuf gehört das Tanzen zu seiner Leidenschaft. Seit vielen Jahren praktiziert und unterrichtet er Breakdance.

„Oft erlebe ich die deutsche Sprache in der Literatur als relativ humorlos. Dieses Empfinden gab mir den Anstoss das vorliegende Drama zu schreiben, welches einen ernsten Sachverhalt auf eine humorvolle Art unterhaltsam darstellen soll."

Das vorliegende Buch ist ein Roman. Handlungen und Hauptfiguren sind frei erfunden. Die Ähnlichkeit zu realen Personen ist nicht beabsichtigt und wäre rein zufällig. Zudem sind jegliche Angaben und Zahlen weder empirisch überprüft noch statistisch bewiesen, sondern dienen lediglich der Unterhaltung im Rahmen dieses Romans.

Martin Schwander

Super-Mike
Zwischen Realität und Wahnsinn

Bibliografische Information der Deutschen Nationalbibliothek:
Die Deutsche Nationalbibliothek verzeichnet diese Publikation
in der Deutschen Nationalbibliografie; detaillierte
bibliografische Daten sind im Internet über dnb.dnb.de
abrufbar.

© 2022 Martin Schwander
Originalausgabe
Herstellung und Verlag: BoD – Books on Demand, Norderstedt

ISBN: 978-3-7562-2246-9

Der Blitz hatte tief eingeschlagen und
bis heute Spuren hinterlassen.

1

Habt ihr schon einmal versucht, euch unter der laufenden Dusche abzutrocknen? Ich ebenso wenig, doch ungefähr auf die Weise verläuft diese Geschichte. Beschissen. So sehr man auch mit dem Frottiertuch reibt, man wird nicht trocken. Die Situation war von Beginn weg ausweglos und wurde zunehmend schlimmer. Aber starten wir am Anfang.

Am Boden des Wohnzimmers meines doppelstöckigen Hauses sass ich und war verzweifelt. Ich konnte nicht mehr klar denken. Mit dem Rücken an das Sofa abgestützt starrte ich den schwarzen Bildschirm des Fernsehers an. Es war ein qualitativ gutes Modell, doch ich war gerade in meinem eigenen Film gefangen.

Vor mir lag eine halbvolle Flasche Whiskey. Zu Beginn des Abends war sie noch ungeöffnet gewesen. Vor dem Whiskey hatte ich allerdings bereits einige Biere, zwei Shots Wodka und eine Flasche Wein gehabt. Und das hatte ich lediglich zum Einstimmen getrunken, bevor die zwei Gläser Grappa gefolgt waren, die dem Whiskey vorausgegangen waren. Ich war allein mit meinen Gedanken und hatte niemanden. Ich seufzte und nahm einen weiteren

Schluck aus der Flasche. Mein Leben musste sich ändern.

Einst hatte ich einen Job, eine Freundin und ein geregeltes Leben gehabt. Ich war Angestellter in einem Call Center gewesen. Ein langweiliger Job, doch immerhin hatte ich Freunde gehabt. Jetzt aber gab es niemanden mehr, bei dem ich mich hätte melden können, mit dem ich mich hätte treffen können oder mit dem ich mich hätte unterhalten können. Ich war allein.

Alles hatte sich mit dem Lottogewinn vor zweieinhalb Jahren geändert. Es war mir vorgekommen, als hätte ein Engel mich angehört und einen Goldesel über mich ausgeschüttet gehabt. 37 Millionen hatte ich gewonnen. Und auch wenn ich einiges davon hatte versteuern müssen, war ein schönes Sümmchen übrig geblieben.

Mit dem Geld waren dann die Versuchungen gekommen, denen ich natürlich nicht hatte widerstehen können. Dadurch hatte ich meine Freundin verloren, hatte vieles vom Geld für unnötige, materielle Besitztümer ausgegeben und hatte eine inzwischen Konkurs gegangene Firma gegründet. Das Einzige, was davon noch da war, war ein Teil des Geldes und einige dieser überflüssigen Güter.

Wenn ich mir den Rest des Geldes geschickt einteilen würde, könnte ich es mir leisten, bis ans Ende meines Lebens nicht mehr arbeiten zu müssen. Doch genau das war das Problem. Schluss mit dem Luxus, der mich ins Verderben gestürzt und mit dem Leben, das mich ins Unglück geleitet hatte. Ich brauchte wieder Strukturen in meinem Leben. Ich sehnte mich nach einem normalen Alltag und einem geordneten Tagesablauf. Am meisten allerdings sehnte ich mich nach Freunden.

Zu einem normalen Leben gehörte ein regulärer Job. Zuerst musste ich aber mit meinem bisherigen Leben abschliessen und mein viel zu grosses, luxuriöses Haus verkaufen. In diesem Haus ist zu viel passiert. Zu viele negative Erinnerungen waren hier entstanden, die mich an einem Neuanfang hinderten. Das Haus musste ich zwingend loswerden.

Irgendwann nachdem ich den Whiskey geleert hatte, schlief ich ein. Gewöhnlich erinnerte ich mich nie an meine Träume, doch diesmal tat ich es. Ich träumte davon, auf einer Party zu sein und alle Gäste waren nur wegen mir da. Wir assen, tranken, feierten und hatten eine gute Zeit.

Drei brasilianische Frauen zwinkerten mir vom anderen Ende des Dancefloors zu und ich lief zu ihnen rüber, um mit ihnen zu tanzen, aber als ich sie ansprechen wollte, waren sie plötzlich weg. Ich drehte mich um, doch sie waren nirgends mehr zu sehen. Weil sie nicht mehr auffindbar waren, lief ich zur Bar. In dem Moment, als ich mich dem Barkeeper zuwandte, war auch dieser verschwunden.

Dasselbe geschah mit allen anderen Gästen. Wen immer ich ansprechen wollte, war plötzlich weg. Ich war auf der Party meines Lebens und dennoch schien alles unerreichbar. Es kam mir wie ein Rätsel vor, das ich lösen musste. Irgendetwas musste ich tun oder herausfinden, damit mich die anderen Gäste wahrnahmen, nur leider fand ich nicht heraus was.

2

Ich wachte schweissgebadet auf. Es war bereits am frühen Nachmittag und noch nicht zu spät, um dem Immobilienmakler meines Vertrauens einen Besuch abzustatten.

Ich duschte, zog meinen Kilt an und

wollte in Richtung Garage laufen, als ich mich im Spiegel sah. Das Spiegelbild sah erbärmlich aus. In Wirklichkeit war ich viel attraktiver. Das musste wohl ein alter Spiegel sein.

Der Spiegel brachte mich jedenfalls dazu, den Kilt gegen eine Jeans zu tauschen. Ich verstand nicht, wie ich ihn jemals hatte elegant oder sexy finden können. Der ausgezogene Kilt landete sogleich im Mülleimer.

Ich zog mir eine grau-schwarze Hose an, die ich natürlich mit dem passenden Veston kombinieren musste. Das hiess, ich musste wiederum ein anderes Hemd anziehen, das zum Veston passte, der mit der grau-schwarzen Hose getragen werden konnte. Wir lebten in einer komplizierten Zeit. Endlich war ich aufbruchbereit.

Mit meinem Aston Martin war ich in einer knappen halben Stunde beim Immobilienbüro. Der Makler schien nicht überrascht mich zu sehen. Nach allem, was im Haus vorgefallen war, erhielt ich nur gerade ein Viertel des ursprünglichen Kaufpreises. Ich hatte zwar mehr erwartet, konnte es ihm aber nicht verübeln. Zudem sah man mir wahrscheinlich meine Verzweiflung an meinem Gesichtsausdruck an, was den Verkaufspreis nicht gerade hochtrieb.

Immerhin war das Immobilienbüro bereit, das Haus zurückzukaufen. Das war das Wichtigste. Ich willigte ein und war froh, in einem Monat nichts mehr mit dem Haus zu tun zu haben.

Genau einen Monat hatte ich nun Zeit, das Haus zu räumen und mir eine neue Bleibe zu suchen. Ein erster wichtiger Schritt in Richtung meines neuen Lebens war getan. Ich fühlte mich nach feiern.

Mit dem Aston Martin fuhr ich ins Zentrum. In einer Bar trank ich einige Biere. Ich fragte mich, ob ich im falschen Pub gelandet war oder wo denn die ganzen Leute dienstags um sechs ihre Cocktails und Whiskeys schlürften. Ah ja Whiskey, das hörte sich gut an. Ich bestellte einen und als ich zwei Stunden später immer noch auf demselben Stuhl sass und das Glas abermals leer war, kam der Barkeeper zu mir rüber. Mit den Worten „Was auch immer dir widerfahren ist, der geht aufs Haus" ersetzte er das leere durch ein volles Whiskeyglas. Er war mir sympathisch.

Den Sympathiebonus verspielte er jedoch etwas später gleich wieder, als er mich aus der Bar warf. Dabei wollte ich lediglich einen netten Abend haben und mir einige Drinks genehmigen. Der Grund für den Rauswurf? Wie konnte ich wissen, dass sich das Pissoir nicht hinter den Spielautomaten befand? Das hätte wirklich jedem passieren können. Jedem.

Wie auch immer, ich wollte zu meinem Aston Martin und nach Hause, aber ich konnte ihn nirgends finden. Erfolglos lief ich suchend die Strasse rauf und runter. Ich schaute sogar hinter den Bäumen und unter den geparkten Autos nach, doch da war er nicht. Ich fragte sogar einige Passanten, die mich aber nur verwirrt anschauten. War ich überhaupt mit dem Auto gekommen? Hmm... eine schwierige Frage.

Mit einem Mal war ich mir unsicher, ob ich mit dem Wagen, dem öffentlichen Verkehr oder dem Taxi gekommen war. Vielleicht ja mit keinem davon. Vielleicht hatte ich mich ja hierher gebeamt. Ich musste lachen. Immerhin wusste ich in meinem Zustand noch, dass beamen unrealistisch und nicht möglich war. Ich schaute besser nochmals hinter den Strassenbäumen nach.

3

Bevor ich komplett wach wurde, lag ich etwa eine halbe Stunde im Halbschlaf, doch dann bemerkte ich schnell, dass ich mich in einer mir unbekannten Umgebung befand. Der von der Sonne angeschienene Kronleuchter blendete mich. Stöhnend drehte ich mich ab und schaute mich um.

Das Zimmer war klein, der Fernseher kleiner und der Kühlschrank am kleinsten. Daran bemerkte ich, dass es keines meiner Zimmer war. Ich befand mich demnach nicht in meinem Haus. Jetzt musste ich nur noch herausfinden, wessen Haus das war.

In guter Sherlock Holmes-Manier begann ich den Fall „Fremdes Zimmer" zu unter-suchen. Da ich noch alle Kleider an hatte, konnte ich mit ziemlicher Sicherheit sagen, dass ich keinen Geschlechtsverkehr gehabt hatte und folglich bei keiner Frau zuhause war. Die logi-sche Schlussfolgerung wäre somit, dass ich bei einem Mann zuhause wäre, was aber mehr Fragen aufwarf, als beantwortete.

Da ich meine Kleider inklusive Schuhe noch immer an hatte, konnte ich gleich vor die Tür treten. Praktisch. Ein langer Flur mit einem

Teppichboden erwartete mich vor dem Zimmer.
Durch den sterilen Geruch wurde mir sofort
klar, dass ich in einem Hotel war. Mir fiel ein
Stein vom Herzen.

An der Rezeption sagte man mir, dass ein
Taxi mich hierher gebracht hatte. Der Barkeeper
hatte mich nach Barschluss auf der Strasse liegend im Halbschlaf gefunden und ein Taxi
gerufen. Er war wohl doch nicht so ein übler
Kerl.

Während ich in der Lobby auf ein Taxi
wartete, das mich wieder zurück zur Bar brachte, trank ich ein stilles Wasser, welches wahrscheinlich nur aufgrund des hohen Alkoholge-
halts so schweigsam war. Das Taxi kam 20
Minuten später und ich stieg ein. Auf diese
Weise gelangte ich zurück zur Bar und dadurch
zum Barkeeper, der nicht schlecht staunte, als
ich ihm eine Hunderternote über den Tresen
zuschob. Zum Dank erhielt ich dafür ein Früh-
stücksbier gegen 11.30 Uhr vor dem Mittag.

Das Bier und ich fuhren gemeinsam Arm
in Arm mit dem Aston Martin nachhause, der
übrigens gleich um die Ecke stand. Wie ich den
hatte übersehen können, war mir ein Rätsel.
Lässig an die Hauswand gelehnt, schien er elegant in seinem grau-blau. Ich war froh, dass ich

15

ihn wieder hatte. Von allem Luxus, den ich mir mit dem Lottogewinn gekauft hatte, war mein Auto das Gut, an dem ich am meisten hing.

Ich bekam Hunger, also schnappte ich mir Pfeil und Bogen und ging in den Wald, um zu jagen. Nein natürlich nicht. Mit dem Wagen fuhr ich zu einer Pizzeria. Wie üblich wollte ich eine Pizza prosciutto e funghi bestellen. Da ich mein Haus verkauft und ein Neuanfang begonnen hatte, fühlte ich mich gut. Ich fühlte mich nach einer Abwechslung. Aus diesem Grund bestellte ich die Pizza prosciutto e funghi ohne funghi. So sehr ich die frischen Pilze auch mochte, diesmal verzichtete mein neues, besseres Ich darauf.

Die Pizza liess ich mir in einem Karton geben, damit ich sie nach Hause nehmen konnte. In meinem Heimkino ass ich sie genüsslich, während ich die neuste Staffel „Stranger Things" schaute.

Da der Nachmittag bereits begonnen hatte, machte es keinen Sinn mehr, einen weiteren Schritt meines neuen Lebens in Angriff zu nehmen. Und da wie gerade erwähnt bereits Nachmittag war, gönnte ich mir noch einige Biere, bis ich gegen Ende der dritten Folge einschlief und auf diese Weise den Tag am frühen

Abend beendete.

4

Als ich aufwachte, war es dunkel draussen. Es hätte mitten in der Nacht oder bereits früh am Morgen sein können. Ich hatte keine Ahnung, welche Uhrzeit es wahr. Ich wusste aber, dass ich Hunger hatte.

Glücklicherweise waren in der Kartonschachtel neben mir noch zwei kalte Pizzastücke. Diese verschlang ich gierig. Der grösste Hunger war damit gestillt, doch mein Magen war damit noch nicht zufrieden. Er wollte mehr, weshalb ich aufstand und in die Küche lief.

Das Haus war leer. Alles war dunkel und schien überflüssig. So viel Platz und nichts davon wurde wirklich gebraucht. Hie und da warfen einige Möbelstücke oder Dekorationsgegenstände Schatten, die unheimlich die Leere der Flure füllten. Das Gefühl, das in mir aufkam, gefiel mir ganz und gar nicht. Ein Unbehagen entstand in der Magengegend, wo vorher mein Hungergefühl gewesen war.

Ich schaute um mich, aber niemand war da. Ich war alleine. Zögernd glitt mein Blick den Flur entlang und zur Treppe, die ins Obergeschoss führte. Da fiel mir wieder ein, was vor eineinhalb Jahren geschehen war. Mir wurde schlecht. Zeitweise konnte ich das schreckliche Ereignis verdrängen, doch es holte mich immer wieder ein.

Meine Schritte beschleunigten sich. In der Küche angekommen, schnappte ich mir eine Tüte Chips und einige Biere. Sofort drehte ich mich um und schaute wieder in den leeren Flur. Zu meiner Einsamkeit gesellte sich nun das Bewusstsein, wie klein und unwichtig ich eigentlich war. Das Haus bot viel Platz für grosse und mächtige Gegenstände, wodurch ich mich noch kleiner fühlte.

Wäre das Haus gefüllt mit Leuten, wäre alles anders. Es bräuchte nicht einmal viele Leute. Eine einzige Person würde reichen. Eine Person, mit der ich mich unterhalten und Lachen könnte und deren Stimme die Stille durchbrechen würde.

Weil ich aber alleine war, konzentrierte ich mich auf mein Bier. Und mit Bier meinte ich ebenfalls Whiskey, Gin und Wein, die alle im Verlaufe des Abends dazukamen.

Mit den Alkoholflaschen verzog ich mich wieder zurück in das Kino. Das grosse Bild und der laute Ton liessen meine Einsamkeit etwas in den Hintergrund rücken. Der zunehmende Alkohol jedoch machte die Gefühle des Alleinseins wieder stärker. Und je stärker sie wurden, desto mehr trank ich. Ein Teufelskreis mit vielen Ecken.

Kurz dachte ich daran, Drogen zu nehmen, doch ich hatte geschworen, nie wieder welche zu nehmen. Diese Zeiten lagen hinter mir. Die Versuchung wäre in diesem Moment aber gross gewesen. Zum Glück war mein Haus unterdessen drogenfrei.

Um meine Gedanken abzulenken und mich aufzuheitern, erstellte ich eine Liste mit Dingen, die Spass machten, aber irgendwie doch nicht. So ganz hat es mit dem Aufheitern dann wohl doch nicht geklappt. Folgende Tätigkeiten haben es auf meine Liste geschafft:

1. In eine Zitrone beissen
2. Grossmutters selbstgestrickte Socken zu Weihnachten
3. Zu harte Basler Läckerli
4. Adele hören und vor Emotionen weinen müssen, im Zug
5. Nur mit der Badehose bekleidet in den Schnee springen

6. Sich aus Versehen in den Finger schnei-
den und in ein Haifischbecken hüpfen

Na gut, das Letzte gehörte vielleicht nicht auf
die Liste. Ansonsten fand ich sie recht akkurat.
Weiter bin ich nicht gekommen.

Irgendwann fiel ich in einen komatösen,
traumlosen Schlaf. Der nächste Tag würde
bestimmt besser werden.

5

Der nächste Tag wurde wirklich besser. Ich
wachte auf und fühlte mich gut. Vielleicht trug
das sonnige Wetter seinen Teil bei, doch ich war
motiviert, die nächsten Schritte meines neuen
Lebens in Angriff zu nehmen. Da ich vorgestern
bereits mein Haus verkauft hatte, kam ich zu
den nächsten zwei Massnahmen. Entweder ich
suchte einen Job, eine neue Wohnung oder ein
neues Haus.

Aus logischen Gründen entschied ich
mich für die Haussuche. Einerseits, weil ich ein
neues Dach über dem Kopf brauchte und die
Zeit drängte und andererseits, weil ich gerade
keine Lust hatte, einen Job zu suchen. Hauptsächlich weil ich gerade überhaupt keine Lust

auf die Jobsuche hatte.

Ich trank zur Abwechslung ein Glas Orangensaft, das ich zuerst im Supermarkt kaufen musste, und begann direkt 45 Minuten später mit der Suche meines neuen Heims. Das Internet zeigte mir verschiedene Angebote, von Häusern über Wohnungen, egal ob zum Kaufen oder Mieten. Mir war beides recht, Geld hatte ich genug. Ich wollte einfach weg von hier. Eines der einzigen Kriterien war, dass die neue Unterkunft in Stadtnähe lag. Mit der Stadt fühlte ich mich verbunden. In ihrer Nähe wollte ich bleiben.

Aus den Anzeigen wurde ich nicht recht schlau. Ich brauchte ein Immobilienbüro, welches die guten Angebote für mich herausfilterte. Dasselbe Unternehmen wie beim letzten Mal wollte ich jedoch nicht, da sie mich mit dem Haus abgezockt haben. Ich hätte viel mehr Geld für mein Haus bekommen sollen.

Im Internet kam ich auf die Immobilien AG Humming, die mir einen professionellen Eindruck zu machen schien. Sofort machte ich mich auf den Weg dorthin. Die AG hatte ihr Büro gleich im Zentrum, was mir sehr gelegen kam. Ich parkte auf den zugehörigen Plätzen und betrat das Büro. Es war steril und modern

21

eingerichtet, ähnlich wie das letzte Immobilienbüro, das ich besuchte. Vielleicht war das ja
branchenüblich. Naja, mir soll's egal sein.

Ein Maulwurf empfing mich mit einem
gekünstelten, freundlichen Lächeln und einer
übergrossen Brille auf seiner spitzen Nase. Er
war schlank, trug einen schwarzen Anzug
und hatte eine Halbglatze. Ich lächelte nicht
weniger gekünstelt zurück. Der Maulwurf hiess
mit Namen Herr Mosbach.

Herr Mosbach zeigte mir einige schöne
Immobilien und nach seiner Beratung war ich
entschlossen, eher eine Wohnung zu nehmen.
Wir vereinbarten drei Besichtigungstermine für
Eigentumswohnungen in den nächsten zwei
Wochen. Der Erste davon war bereits morgen.
Damit war ich vorerst zufrieden. Wir ver-
abschiedeten uns, der Maulwurf verzog sich in
seinen Hügel und ich lief zu meinem Aston
Martin.

Es war mitten am Nachmittag und ich
musste den Rest des Tages füllen. Ich hatte
keine Lust, nachhause zu gehen, zurück in die
Einsamkeit meines grossen Hauses. Zudem
knurrte mein Magen. Im Zentrum stellte ich
meinen Wagen auf einem öffentlichen Parkplatz
ab. Die Hungersnot drängte mich zum Besuch

einer Take Away-Bude. Zur Auswahl standen diverse herkömmliche Snacks und Imbisse. Der Hotdog war mir jedoch gerade wurst, weshalb ich mich für einen Kebab im Taschenbrot entschied. Im Taschenbrot war die Chance kleiner, dass die Sauce heraustropfte, schlimmstenfalls noch auf mein Outfit. Damit hatte ich schlechte Erfahrungen gemacht.

Der Kebab schmeckte mir. Das letzte Mal, als ich Kebab hatte, war bereits eine Weile her. Und weil er mir so schmeckte, kaufte ich mir gerade nochmals einen, auch wenn ich ihn nach der Hälfte wegwarf.

Da ich den Tag füllen musste, ging ich ins Kino. Zur Abwechslung jedoch nicht in mein Eigenes, sondern in eines in der Nähe. Wie der Film hiess, wusste ich nicht mehr, aber die Zeit verstrich und das war die Hauptsache.

Nachdem der Film fertig war, lief ich aus dem Saal. Vor dem Eingang stand ein junges Paar, das sich an den Händen hielt. Sie waren offensichtlich frisch verliebt. Sie standen einander gegenüber und strahlten sich gegenseitig an. Was sie zueinander sagten, war ungefähr Folgendes:

„Clarissa du bist wunderschön."

„Danke Clark. Du auch. Ich liebe dich."

„Ich liebe dich auch. Lass uns gemeinsam ans Ende der Welt gehen."

„Mit dir gehe ich überall hin, mein Zuckerbärchen."

„Ich fühle mich, als wären wir eins."

„Das ist, weil wir seelenverwandt sind, Zuckerbärchen."

„Ja, das muss es sein, Honigmäulchen."

„Lass uns eine Familie gründen."

„Und dazu kaufen wir noch einen Hund, drei Katzen, zwei Wüstenspringmäuse und fünf Leguane."

„Ich liebe Leguane, Zuckerbärchen."

„ Und ich liebe dich, Honigmäulchen."

Vielleicht war ihr Gespräch nicht exakt so verlaufen, aber sie küssten und umarmten sich. Es sah aus, als schienen sie nicht wahrzunehmen, was um sie herum passierte. Es war zum Kotzen. Sie waren in ihrer eigenen kleinen, rosaroten Welt, was mich deprimierte. Ich wollte auch so eine Welt haben. Am liebsten hätte ich mich auf der Stelle übergeben. Stattdessen fuhr ich nachhause und trank eine Flasche Wein auf ex. Danach übergab ich mich wirklich.

Wenn ich könnte, würde ich die Flasche

auf der Stelle heiraten. Sie hatte mich noch nie enttäuscht. Nicht so wie meine Ex-Freundinnen. Ich brauchte mehr davon. Also von dem Wein, nicht von den Ex-Freundinnen.

Irgendwann zwischen Wein und Depression, begannen Tränen meine Wangen runter zu kullern. Das war eine Überraschung. Wieso konnte ich mir selbst nicht genau erklären. Das letzte Mal, als ich geweint hatte, war, als mir meine Mutter mit 15 meine PlayStation weggenommen hatte. Sie war wütend gewesen, weil ich gesagt hatte, ihr Essen schmecke nach fermentierter Ameisenscheisse. Dabei wusste ich ja nicht einmal selbst, wie fermentierte Ameisenscheisse schmeckte, aber es war mir halt so rausgerutscht. An den genauen Grund für meine Wut erinnerte ich mich nicht mehr. War wohl wieder einmal unzufrieden mit der Welt gewesen.

Meine Mutter nahm meinen verbalen Ausrutscher jedenfalls sehr persönlich, was auch irgendwie verständlich war, worauf sie mir die PlayStation weggenommen hatte. Ab da wurde es dann für mich sehr emotional.

Jedenfalls wieder zurück ins Jetzt. Ich gab mein Bestes, in kürzester Zeit möglichst viel zu trinken. Das klappte nicht schlecht. Noch vor

Mitternacht war ich sternhagelvoll und schlief im Wohnzimmer auf dem kuscheligen Perserteppich ein.

6

Im Eilgang schaffte ich es gerade noch rechtzeitig zur Besichtigung. Die Wohnung war sauber. Ansonsten hatte ich nicht viel Gutes an ihr auszusetzen. Der Balkon war viel zu klein, die Küche war viel zu klein, die Zimmer waren viel zu klein und das Bad war ebenfalls viel zu klein. Insgesamt war die Wohnung ganz akzeptabel, aber ich war mir wohl aufgrund meines Hauses einen erheblich grösseren Standard gewohnt.

Der Immobilienmakler, dessen Namen ich nicht mehr wusste, gab sein Bestes, jedoch vergeblich. Ich war nicht in Stimmung für eine Wohnungsbesichtigung und schon gar nicht auf eine Wohnung dieser Grösse, weshalb ich beschloss, mir einen Spass aus der Besichtigung zu machen. Er hatte keine Chance.

Das Bad ist halt nicht vergleichbar mit einem Pool, meinte er. Und auf die Frage, wo denn das Entspannungszimmer sei, blickte er unsicher zum Fenster raus. Zuerst wusste er wohl nicht, wie er darauf antworten soll, dann entschloss er sich, so zu tun, als hätte er die Frage nicht gehört. Ein nicht übler Schachzug.

Bei der nächsten Frage konfrontierte ich ihn dann direkt, damit ich seinen Gesichtsausdruck sehen konnte. Wenn ich die Wohnung richtig einschätzte, hatte sie keinen Kinosaal. Wieso mir denn eine minderwertige Wohnung wie diese gezeigt werde?

Es war ganz amüsant. Zumindest für mich. Nach einer halben Stunde hatte ich aber genug Spass gehabt und beendete die Spielchen. Der namenlose Makler war sichtlich erleichtert.

Auch wenn ich eine Wohnung benötigte, die erst beste musste ich nicht nehmen. Zumal zwei weitere Besichtigungstermine vereinbart waren und ich ausserdem genügend Geld besass, um notfalls eine Zeit lang im Hotel zu leben. Ich hatte demnach keinen Stress, weswegen ich erstmals shoppen ging.

Nach drei Stunden anstrengender Suche nach dem Unbekannten hatte ich das Objekt, von dem ich nicht wusste, dass es mir fehlte, endlich gefunden. Es war genau das, was jemand brauchte, der bereits alles hatte: Ein Massagesessel.

Natürlich war der Sessel ein brandneues Modell, ausgestattet mit allem Schnickschnack, den es gab. Grundsätzlich konnte ich sagen, dass er massierte, was ja auch der Sinn von einem solchen Sessel war. Angenommen ich würde einen Massagesessel kaufen, der dann anstelle des Massierens die Zeitung vorliest, wäre das zwar nett, aber doch irgendwie neben dem Ziel vorbeigeschossen. Das wäre in jedem Fall irritierend, vielleicht sogar befremdend.

Von meinem Massagesessel konnte ich weder das eine noch das andere behaupten, denn er massierte und das auch noch gut. Glück gehabt. Einziges Problem war, dass der Sessel nicht in meinen Aston Martin passte, weswegen er erst am Tag darauf per Kurier geliefert wurde.

Wie versprochen, kam der Massagesessel am folgenden Tag. Ich freute mich so sehr, dass ich nach dem Aufstehen etwas Sport trieb, sodass meine Muskeln verspannt waren. Sonst hätte er ja nichts zu massieren gehabt.

Der Sessel jedenfalls kam, ich setzte mich darauf und stieg gleich wieder runter (Klammerbemerkung: Genau genommen geht das überhaupt nicht, denn steigen bedeutet immer nach oben). Wie auch immer, ich stieg hinunter, weil ich vergessen hatte, ihn anzuschliessen. Der Sessel benötigte natürlich Strom.

Ich griff daraufhin nach dem Stecker. Das Kabel war ungefähr zwei Meter lang und reichte knapp nicht bis zur Steckdose. Der Sessel musste aber supertoll sein, sozusagen makellos. Für 5'500 CHF konnte der Fehler nicht beim zu kurzen Kabel liegen. Der Fehler lag deshalb offensichtlich bei der Steckdose. Die Architekten hätten beim Bau des Hauses ruhig berücksichtigen können, dass es Leute mit Massagesesseln gab.

Den schweren Sessel schob ich deshalb näher zur Steckdose. Wenn ich das gewusst hätte, hätte ich vorab natürlich keinen Sport getrieben. Jedenfalls bildeten sich Schweissperlen auf der Stirn und ich hatte Durst. Der Kühlschrank versorgte mich mit einem eiskalten Bier. Mit meinem Bier setzte ich mich auf den Sessel, bis ich bemerkte, dass der Kühlschrank vergessen hatte, die Flasche zu öffnen. Heutzutage musste man aber auch wirklich alles selbst machen.

Ich stieg also vom Sessel, lief in die Küche, öffnete das Bier, lief zurück und setzte mich wieder auf den Sessel. Mit einem Knopfdruck startete ich eine der Massagefunktionen.

Die Vibration und die Knetelemente gaben Vollgas, was grundsätzlich gut war, nur sehr unpraktisch zum Biertrinken. Gerade als ich einen Schluck aus der Flasche nehmen wollte, legte die Vibration nochmals einen Gang zu, weshalb der Schluck auf meinem T-Shirt landete. Meine Lust am Massiertwerden war daraufhin vorerst vorüber. Ich schaltete sämtlich Funktionen aus und lief zum Sofa. Dort trank ich genüsslich in aller Ruhe mein Bier zu Ende. Was für ein anstrengender Tag.

Noch schrecklicher als der Tag wurde die Nacht. Die Sonne ging unter und ich verwandelte mich in einen Werwolf. Nein, das war nur ein Scherz. Es passierte nichts Aussergewöhnliches, ausser der üblichen, deprimierenden Einsamkeit und meinen tragischen Erinnerungen, die ich gekonnt im Whiskey ertränkte. Seit dem schrecklichen Ereignis hatte es kaum eine Nacht gegeben, in der mich mein Gewissen nicht gequält hatte.

Selbst Stranger Things half da nicht wirklich, denn von der TV-Serie bekam ich nicht sonderlich viel mit. Ich durchstöberte mein Facebook nach möglichen Bekanntschaften, um etwas zu unternehmen und mich auf andere Gedanken zu bringen. Leider erfolglos. Entweder hatte ich schon zu lange nichts mehr von ihnen gehört oder ich kannte sie nur oberflächlich, weshalb ich sie nicht kontaktieren konnte. So hatte ich mir mein Leben nie vorgestellt. Ich wusste zwar, weshalb es so gekommen war, doch dass es wirklich auf diese Weise enden würde, hätte ich nie gedacht.

Mein Whiskey jedenfalls hielt den ganzen Abend treu zu mir. Auf ihn konnte ich immer zählen. Ich fasste den Entschluss, morgen meine nächsten Schritte für ein besseres Leben in Angriff zu nehmen. Mit dem Verkauf des Hauses hatte ich ein erstes Ziel erreicht, doch es musste weiter gehen. Mein nächstes Vorhaben war die Jobsuche. Mit diesem Entschluss begab ich mich in die Traumwelt.

7

Ich wusste nicht recht, wie genau ich mit der Jobsuche beginnen sollte. Suchte man heutzutage noch Jobs in der Zeitung? Das schien mir veraltet. Und ein Vermittlungsbüro aufzusuchen, dauerte mir zu lange. Dafür gab es ja das Internet, die Lösung für alles.

Zuerst googelte ich nach „Jobs Schweiz". Mit einigen weinigen Klicks fand ich auf

Anhieb unzählige viele Jobs. Die Suche zeigte 1'428'956 Treffer an. Von SchreinerIn über Dachdeckerin zu Koch/Köchin und Bio-LandwirtIn wurde alles angezeigt. Jetzt kam es auf mich an. Was wollte ich denn eigentlich machen?

Es gab mal eine Zeit, in der ich gerne gekocht hatte, aber zum Koch reichte es nicht. Zwei linke Hände hatte ich ebenfalls nicht, doch zum Handwerker reichte es ohne Zweifel ebenfalls nicht. Und von Pflanzen verstand ich nicht das Geringste. Da war ich mir auf Anhieb sicher.

Vor sieben Jahren hatte ich mir eine fleischfressende Pflanze gekauft, der ich den Namen Henry gegeben hatte. Einer meiner ehemaligen Mathelehrer hatte Henry McCole geheissen. Wir bauten in den wenigen Jahren während des Gymnasiums eine süsse Hassliebe zueinander auf. Während des Unterrichts hatte ich jeweils gerne Kaugummi gekaut, wofür er mich im Gegenzug mit seinem Fachwissen gequält hatte.

Jedenfalls gab es im zweiten Jahr einen Vorfall, der nicht gerade unsere Beziehung gestärkt hatte. Henry McCole war wie immer pünktlich ins Schulzimmer gekommen und mein Platz war leer gewesen. Wo ich gewesen war? Eine junge Siamkatze war auf dem Pausenhof auf einen Baum geklettert, nicht mehr runtergekommen und hatte wie wild gemiaut. Nachdem ich auf den Baum gestiegen war, der Katze eine Dose Sheba gefuttert und ihr Horoskop aus der Tageszeitung vorgelesen hatte, war sie schliesslich mit mir Hand in Hand runtergestiegen. Das hatte ich jedenfalls Henry erzählt, als ich 15 Minuten zu spät in die Testlektion reingeplatzt war.

In Wirklichkeit war ich aus Versehen in der Pause eingeschlafen, weil ich die ganze Nacht über an Lily denken musste. Lily war damals das tollste Mädchen der Welt gewesen. Für sie hätte ich die Welt gerettet.

Die aufgetischte Geschichte fand sowohl die Klasse wie auch ich lustig, Henry McCole weniger. Wobei ich bei ihm nicht sicher war, ob es an der Geschichte an sich lag oder an dem Detail, dass Katzen keine Hände hatten. Er mochte keine unlogischen Sachverhalte. Immerhin war sie immer noch besser als ihm und der ganzen Klasse von Lily zu erzählen.

Nun wisst ihr immerhin, wie die Pflanze zu ihrem Namen Henry kam. Wieso ich sie allerdings nach meinem ehemaligen Mathelehrer benannt hatte? Das wusste ich bis heute nicht. Die Venusfliegenfalle war jedenfalls innert drei Wochen vertrocknet, weil ich vergessen hatte, sie zu bewässern. Von da an hatte ich mir nie wieder eine gekauft.

Eine Zeit lang versuchte ich mich als Schriftsteller mit Kurzgeschichten und Gedichten. Ich schrieb wirklich gerne. Wahrscheinlich deshalb, weil es mir half, meine Vergangenheit zu verarbeiten, oder mich zumindest eine Weile abgelenkt hatte.

Mein grösster Erfolg war eine Kurzgeschichte über einen Mord im Elfenland gewesen. Ein Verlag hatte mich auch sofort unter Vertrag genommen, was wirklich klasse gewesen war, nur leider war ich nicht imstande gewesen unter Druck zu schreiben. Und wenn ich dennoch etwas geschrieben hatte, dann garantiert zu spät und sicherlich über ein komplett anderes Thema, als das vereinbarte. Aus diesen Gründen wurde ich verständlicherweise wegen Vertragsbruch gefeuert. Es war ein kleiner, familiärer und netter Verlag gewesen. Ich hatte ihn gemocht.

Den verzweifelten Entscheid einen Gastronomiejob zu suchen, traf ich 186,5 Klicks später. Mit einer E-Mail hatte ich mich in einem Restaurant namens „Zum lachenden Löwen" (was für ein alberner Name) für eine 60-Prozent-Stelle beworben. Der Gasthof befand sich 20 Autominuten ausserhalb der Stadt und war ländlich gelegen.

Am nächsten Tag rief mich eine nette, älter klingende Frau an. Sie wollte wissen, ob ich Erfahrungen in diesem Berufsfeld hatte, wieso ich mich für den Job interessierte und noch einige persönliche Fragen zu mir, wie beispielsweise meine Schulbildung. Intuitiv wollte ich einige Gegenfragen stellen, konnte es aber gerade noch sein lassen. Ich arbeitete früher in einem Call Center, weshalb das Fragen stellen übers Telefon fast automatisch passierte.

„Wenn Sie einen Fisch zubereiten, schauen Sie dabei dem toten Tier in die Augen?"

„In welchen Abständen passen Sie die Höhe der Stühle der vom Bundesamt statistisch erhobenen Durchschnittsgrösse der Bevölkerung an?"

„Ist das Saisongemüse genauso knackig und frisch wie die Laune des Sevicepersonals? Bitte geben Sie auf einer Skala von 1-10 an."

Wir vereinbarten einen Schnuppertag am kommenden Montag. Da hatte es tagsüber nicht allzu viele Gäste und ich konnte das Team kennen lernen. Das Ganze hörte sich vielversprechend an. Mein nächstes Ziel war somit erreicht und ich hatte Grund zum Feiern. Ah ja stimmt, ich hatte niemand zum Feiern, weshalb ich den Abend alleine am Pool mit einigen Rum Cola und elektronischer Musik verbrachte.

Mit dem Glas in der Hand glitt ich sanft auf der Luftmatratze über das Wasser. Immerhin war Donnerstag. Das hiess, dass das Wochenende bevorstand, wo ich ausgehen und mich unter Leute mischen konnte. Zumindest konnte ich zufrieden mit mir selbst sein. Ich hatte mögliche Wohnungen und einen Job in Aussicht und mein Haus war verkauft. Diese positiven Umstände stimmten mich fröhlich und liessen meine erdrückenden Gedanken ausnahmsweise nicht allzu stark aufkommen.

8

Da ich bei drei meiner Ziele bedeutend weitergekommen war, konnte ich vorausdenken. Mein neues Ich, Mike 2.0 sozusagen, war auf Erfolgskurs. Es war an der Zeit mein Leben wieder in die eigene Hand zu nehmen. Es musste genauso erfolgreich weiter gehen wie in den letzten Tagen. Das Wochenende hatte allerdings gerade begonnen und ich hatte Lust auf Party.

Am frühen Nachmittag startete ich bereits alleine zuhause mit dem Feiern. Es war ein sanfter Einstieg mit Bier und elektronischem Sound an meinem Pool. Da ich verhindern wollte, dass ich am Abend zu betrunken war, um wegzugehen, blieb ich den ganzen Tag bei Bier. Zudem hatte ich einen Fulltimejob. Ich war nämlich DJ, Barkeeper, Konsument und Tänzer gleichzeitig. Das war nicht zu unterschätzen. Ich musste mich ganz schön ins Zeug legen, um allen Rollen gerecht zu werden.

Weil ich Lust dazu hatte, zog ich einen meiner Anzüge an, den dunkelroten. Er war eines meiner neueren Kleidungsstücke, das ich früher bereits zu Anlässen getragen hatte. Er roch sogar noch nach Party.

Gegen Abend zog ich meinen Anzug jedoch wieder aus, schlüpfte in Jeans und T-Shirt und fuhr ins Zentrum, damit ich noch einen Happen essen konnte. In einem kleinen Lokal, das gerade ungefähr für 15 Personen Platz bot, ass ich ein Pad Thai. Die Angestellten staunten nicht schlecht, als ich mit meinem Aston Martin vor dem Eingang parkte.

Überall in dem kleinen Restaurant hatte es unnötigen Krimskrams wie Pflanzen, unverständliche Banner und winkende Katzen, denen ich aber nicht das Horoskop vorlas. Ich war der einzige Gast und wahrscheinlich auch die einzige nicht thailändisch sprechende Person im Lokal.

Das Essen schmeckte mir sehr gut. Zumindest nachdem ich nach fürchterlich anstrengenden vier Minuten von den Stäbchen zu Gabel und Messer wechselte. Die Stäbchen waren der reinste Horror. Ein Wunder, dass ich mich damit nicht selbst verletzt hatte. Das Personal hatte mir bestimmt absichtlich falsche Stäbchen gegeben. Zwei linke oder so. Aus Protest steckte ich die Stäbchen bei der grossen Palme neben mir in die Topferde.

Früher hatte der Club „Seven" geheissen, dann war er einige Zeit leer gestanden, bis er einen neuen Besitzer gefunden hatte und in „Aces" umgetauft wurde. Das „Aces" war bei weitem nicht dasselbe wie das „Seven". Ich hatte am Vorgänger gehangen. Mit ihm teilte ich eine schöne Vergangenheit.

Im Gegensatz zum Vorgänger kamen die

Räume jetzt deutlich edler eingerichtet daher. Alles war neu und machte einen glamourösen Anschein, vielleicht lag das aber nur an dem neuen Erscheinungsbild.

Was sich nicht geändert hat, waren meine Gewohnheiten. Ich lief die Treppe runter und auf direktem Weg an die Bar. Mit einem Vodka-Lemon war ich erstmals versorgt. Ganz wie in alten Zeiten.

Genüsslich schlürfe ich an dem Drink und beobachtete das Geschehen. Es war früh am Abend, weswegen noch nicht viele Gäste im Club waren und diejenigen, die da waren, standen an der Wand oder an der Bar wie ich. Einige seltene, ausgefallene Exemplare waren auf dem Dancefloor und führten unkoordinierte Bewegungen aus, welche nur schwer als Tanzen erkennbar waren. Diese hatten mit ziemlicher Sicherheit nicht nur Bier getrunken.

Gegen 11 Uhr kam eine Welle von Gästen und der Club füllte sich. Parallel dazu füllte sich ebenfalls mein Alkoholpegel. Als er genügend hoch war, bahnte auch ich mir meinen Weg auf die Tanzfläche. Es war Zeit für meinen Moonwalk. Meine Michael Jackson-Moves waren etwas eingerostet, doch nach einigen Drehungen und schnellen Schritten hatte ich sie wieder aufgefrischt. Stolz schaute ich umher, ob ich einige Blicke auf mich gezogen hatte. Das hatte ich tatsächlich. Einige Männer und Frauen um mich herum schauten verstört zu mir. Ich hatte wohl nicht den Effekt erzielt, den ich mir gewünscht hatte. Den Mike Jackson übte ich für das nächste Mal besser alleine vorgängig. So unauffällig wie möglich schlich ich zur Bar. Ich brauchte unbedingt einen weiteren Drink.

An der Bar bekam ich zu einem Gin Tonic die Bekanntschaft von Jenna. Jenna war eine mittelgrosse, rothaarige Schönheit, der meine Tanzkünste imponiert hatten. Und das wiederum gefiel mir. Jenna war einige Jahre jünger, spielte Klavier und arbeitete in einem Damenmodegeschäft als Detailhandelsfachfrau. Dass sie einen exzellenten Modegeschmack hat, war schnell erkennbar. Anstelle von Minirock oder Hotpants und Top trug sie ein nicht allzu eng anliegendes, blaues Kleid, das ihre leuchtende Haarfarbe noch mehr strahlen liess.

Jenna und ich sprachen über unsere Berufe und Hobbys. Da fragte man sich, über was ich denn sprach. Zugegeben, das Gespräch war ein wenig einseitig, doch ich erzählte einfach von meinen vergangenen Berufen und dass ich mich gerade in einer Neuorientierungsphase befand, was auch nicht vollständig gelogen war.

Jenna mochte ihren Job. Seit zehn Jahren übte sie die professionelle Beratung für Damenmode aus. Die ersten drei Jahre arbeitete sie in einem kleinen, persönlichen Fachgeschäft im Kanton Aargau, das ein eher wohlhabenderes Klientel einkleidete. Die Arbeit gefiel ihr sehr. Sie hatte ein gutes Gespür für die anspruchsvolle Kundschaft. Das Geschäft ging dann jedoch Konkurs und Jenna musste sich einen neuen Job suchen. Da sie sich zur selben Zeit gerade von ihrer langjährigen Beziehung getrennt hatte, hatte sie beschlossen, wegzuziehen und neue Erfahrungen in einer neuen Stadt zu sammeln. Auf diese Weise gelangte sie in den Kanton Bern.

In Bern fand sie eine Stelle in einem grösseren Kaufhaus mit einer Damenmodeabteilung. Die Beratungen und Kundenbeziehungen waren oberflächlicher, was sie bedauerte, doch nach wie vor war das der Job, den sie weiter ausüben wollte.

In ihrer Freizeit joggte Jenna gerne. Hier trafen sich unsere Interessen, da ich in meinem Noch-Haus ein Fitnessstudio hatte. Wie ich zu meinem Haus kam, verschwieg ich allerdings. Ich wollte ihr nichts von dem Lottogewinn erzählen. Das war eine andere Geschichte.

Im Gegensatz zu mir betätigte sich Jenna lieber im Freien sportlich. Ein bis zwei Mal pro Woche ging sie eine Stunde in der freien Natur rennen. Das tat sie ebenfalls bei nicht optimalen Wetterbedingungen, wenn es nicht gerade in Strömen regnete.

Da Jenna an den Samstagen arbeiten musste, wie meine Ex-Freundin Hanna früher, verabschiedete sie sich. Immerhin tauschten wir zuvor unsere Telefonnummern aus und vereinbarten für den morgigen Abend gemeinsam essen zu gehen. Ich hatte ein Date. Wir sagten auf Wiedersehen, sie verliess den Club und ich blieb alleine zurück.

Ich trank noch zwei oder drei Drinks mehr, die dann aus mir unerklärlichen Gründen zu fünf wurden, und lief nach Hause. Genau, ich lief. Jedenfalls war ich betrunken genug, um zu begreifen, dass ich nicht den Aston Martin nehmen sollte. Wiederum war ich zu betrunken, um auf die Idee zu kommen, ein Taxi zu nehmen. Für den Fussweg von 30 bis 45 Minuten brauchte ich eine halbe Ewigkeit. Erschöpft und völlig entkräftet kam ich beim Haus an.

Die Sonne ging bereits auf. Froh, nicht mehr laufen zu müssen, liess ich mich auf mein Bett fallen und schlief noch während des Falls ein.

9

Die Zeit reichte gerade knapp, um aufzustehen, einige Cornflakes runter zu schlingen, mich zu rasieren, das Haus aufzuräumen, putzen und desinfizieren, 15,7 Liegestützen und den Wagen in der Innenstadt zu holen, bevor ich mich auf das Date mit Jenna vorbereiten musste. Es war ziemlich stressig. Vom knalligen grünen T-Shirt bis zum Neutralen, Weissen habe ich verschiedene ausprobiert. Die Wahl war nicht einfach. Entschieden habe ich mich schlussendlich für ein männliches Schwarzes ohne Aufdruck oder Muster.

Die Wahl der Hose war noch herausfordernder als die des T-Shirts und die Kleidungsfindung eskalierte schliesslich bei den Accessoires. Die Wahl der Armbanduhr war schon schwierig genug, aber ob und welche Halskette war zu viel für mich. Ich trank vorerst einmal ein Bier. Das beruhigte mich. Danach kam ich zum Entschluss, ohne Halskette zu gehen. Ich wollte nicht Gefahr laufen, wie ein Gangsterrapper auszusehen.

Mit einer peinlichen Unsicherheit begrüssten wir uns vor dem Restaurant „Il colibri". Die Wahl des Esslokals hatte sie getroffen. Das Essen konnte mir nicht gleichgültiger sein. Das Einzige, was mir wichtig war, war Jenna. Ebenfalls mit einem simplen, schwarzen T-Shirt und dazu passend figurbetonten Jeans lief sie in das italienische Restaurant voraus und ich hinterher. Auf den T-Shirt-Partnerlook war ich ziemlich stolz. Das musste ein gutes Omen sein.

Trotz der vielen Gäste brachte uns der Kellner unverzüglich die Speisekarte und nahm die Getränkebestellung auf. Jenna empfahl mir das Hauptgericht, während ich für uns den Wein aussuchte. Sie war bei der Wortwahl und der Gestik ebenso treffsicher wie bei ihrer Kleiderwahl. Sie war sehr wortgewandt.

Wir hatten ein gutes, aber nicht ungezwungenes Gespräch. Die Unterhaltung war leider längst nicht so locker wie in der Nacht davor im „Aces". Möglicherweise lag das an der befangenen Umgebung.

Wir starteten erneut bei Hobbys und Beruf und verlagerten den Schwerpunkt schleichend zu den persönlichen Zielen. Das Essen schmeckte hervorragend und der Wein ergänzte die Cannelloni perfekt. Unerwartet passierte mir dann ein Fehler. Im weinangetriebenen Redefluss rutschte mir heraus, dass ich ein zweistöckiges Haus besass. Noch während ich den Satz sprach, bemerkte ich das Unglück. Ich konnte mich jedoch gerade noch stoppen, bevor ich wenige Sekunden später ausplauderte, dass ich es mit meinem Lottogewinn gekauft hatte. Das nannte man dann wohl vom Regen in die Traufe.

Jenna fragte natürlich neugierig nach. Jetzt hatte ich den Schlamassel. Nur sehr knapp und wohl auch nicht sehr geschickt, konnte ich den Grund für mein Vermögen verbergen. Ich wollte nicht, dass Jenna mich nur wegen meines Geldes mochte. Dazu schien es aber schon zu spät. Ihr Interesse an meinem Haus war gross und die Fragen schossen wie ein Pferd aus der Startbox aus ihr heraus.

Eins führte zum anderen und vom süssen Dessert beflügelt, fuhren wir zu mir. Meinen Aston Martin schloss sie sofort in ihr Herz. Von da an war sie nicht mehr zu bremsen. Sie hatte ein grosses Herz. Als wir in die Einfahrt vom Haus einbogen, fiel ihr der Kinnladen dann endgültig herunter. Erst als ich ihr in der Küche ein Glas Wein einschenkte, fing sie sich und den

Kinnladen wieder. Mit offenem Kinnladen liess es sich auch schwer Wein trinken.

Die Hausbesichtigung startete im ersten Stock, wo sich der Fitnessraum, das Erholungszimmer und das Schlafzimmer befanden. Nach einem längeren Zwischenstopp im Schlafzimmer liefen wir ins Erdgeschoss, wo sie wegen des Kinos nicht mehr aus dem Staunen heraus kam. Die Führung endete schliesslich beim Pool, oder besser gesagt im Pool.

Jenna und ich standen mit einem Cocktail in der Hand beim Poolrand, als sie ihr T-Shirt auszog und mich sanft zu küssen begann. Einige Liebkosungen später war auch ich T-Shirtlos und sie zog mich ins Wasser.

Das warme Wasser steigerte meine Lust. Meine Fantasie wurde jetzt erst so richtig angekurbelt. Ich packte sie an ihrem Hintern und hob sie hoch, sodass sie ihr Beine um mich schlingen konnte. Wir küssten uns weiter, während unsere Hände den Körper des anderen erkundeten.

Als wir unser Verlangen nicht mehr zurückhalten konnten, zogen wir unsere letzten Kleidungsstücke aus und was dann passierte, wissen nur wir beide. Na gut, ich verrate es, wir hatten Sex. Und als der Sex vorbei war, tranken wir einen Gute-Nacht-Cocktail, liefen ins Schlafzimmer, hatten Gute-Nacht-Sex, wünschten uns eine gute Nacht und schliefen.

Es war ein guter, traumloser Schlaf. Jenna, die vor mir erwachte, stieg auf mich und weckte mich zärtlich. Danach war ich ebenfalls wach. Über die Art und Weise, wie ich wach wurde, konnte ich mich nicht beschweren. Der Sonntag startete gut. Es konnte ja nur schlechter werden.

Mein Kühlschrank war bis auf einige Biere leer und die Regale des Schranks mit den Essensvorräten waren nicht voller, weshalb Jenna und ich in einem Restaurant in der Nähe Frühstücken gingen.

Jenna erzählte, wie schön sie die letzte Nacht gefunden hatte und von ihren Plänen in der kommenden Woche. Dazu schlürfte sie genüsslich ihren Kaffee. Ich hasste Kaffee. Stillschweigend hörte ich zu und widmete mich meinem faden Buttergipfel und dem fruchtigen Orangensaft, der den Buttergipfel jedoch auch nicht auszugleichen vermochte. Mit meinem Frühstück endlich fertig, hatte sie gerade einmal an ihrem Kaffee genippt, weshalb ich warten musste. Ewig warten. Sie hingegen bemerkte nicht, dass ich nur darauf wartete, bis sie fertig war. Drei Zeitungen, vier Online-Artikel und zwei Hunde-Magazine später war sie gerade mal zwei Kaffee-Nipps weiter.

Erzählend ass sie unbekümmert im selben Tempo weiter. Wovon sie sprach, wusste ich schon drei Labradore, fünf Dalmatiner und eine graue Bulldogge später nicht mehr. Ich holte mir noch einen Orangensaft. Und noch einen. Und nochmals einen. Und dann endlich war sie fertig.

Da sie noch einige Dinge bei mir zu Hause hatte, fuhren wir zu mir und gerade als wir wieder im Wagen waren, um sie zurück ins Zentrum zu fahren, fragte sie mich, was ich heute noch vor hätte. Mit dieser Frage hatte ich nicht gerechnet. Wie hinterhältig. Ich hatte auch nichts vor, weshalb ich auf die Schnelle keine passende Antwort bereit hatte. Sie fragte mich, ob wir nicht gemeinsam Joggen gehen wollten, denn bei ihr stand Bewegung auf dem Tagesplan. Dadurch, dass ich mit der Frage komplett überrascht wurde, konnte ich nicht „nein" sagen. Kacke.

Wir fuhren daraufhin erneut zu mir zurück, wo ich mich umzog. Aus meiner Fitnesszeit, wo ich Gewichte gestemmt und mich täglich sportlich aktiv betätigt hatte, fand ich kurze Sporthosen und ein ärmelloses Muskel-shirt, welche ich anzog. Anschliessend fuhren wir zu ihr, wo sie sich umzog.

Bereits als wir losliefen, hatte ich über-haupt keine Lust auf Joggen und das änderte sich während der gesamten Strecke nicht. Statt-dessen hatte ich am Schluss nicht nur keine Lust mehr auf das Rennen, sondern ebenfalls nicht mehr auf sie. Sie hatte währenddessen ununterbrochen gesprochen. Ich wurde sozu-sagen regelrecht zur Konversation genötigt, während ich eine Nahtoderfahrung aufgrund der körperlichen Verausgabung erlebte. Die Anstrengung hatte mich komplett fertig gemacht, wobei ich mir nicht sicher war, ob sie oder das Rennen den grösseren Anteil daran hatte.

Während ich halb sterbend einen Fuss vor den anderen setzte, erzählte sie mir ihre gesamte Lebensgeschichte. Es war die reinste Folter. Ich weiss jetzt, dass sie mal einen Hams-ter namens „Karlheinz" gehabt hatte, der an ihrem 12. Geburtstag gestorben war und es an diesem Tag draussen gerade geregnet hatte. Zudem war ihre Lieblingsfarbe blau, sie mochte vegane Eier und Eat Pray Love hatte sie schon mindestens 9 Mal gesehen. Da war ja ein Hund, der seinem Schwanz hinterherjagte, spannender. (Ein Grund dafür könnte nämlich sein, dass er dadurch von seinem Herrchen oder Frauchen Beachtung bekommt, hatte ich am Morgen im Hundemagazin gelesen.)

Zurück vor ihrem Haus erzählte ich ihr, dass ich wichtige Angelegenheiten erledigen musste und machte mich ohne grosse Verabschiedung auf den Nachhauseweg in meine Ruheoase. Ich gab ihr lediglich einen kurzangebundenen Kuss. Hätte ihr Atem nicht nach abgestandenem Kaffee gerochen, wäre der Kuss vielleicht leidenschaftlicher ausgefallen. Bevor Jenna zu Wort kam, war ich jedenfalls weg.

Zuhause angekommen, war ich halb am Verdursten. Die sinnlose Lauferei hatte mich komplett ausgelaugt. Mit zitterndem Körper öffnete ich sämtliche Kühl- und Küchenschränke. Es ist schwer zu glauben, doch neben vielen Flaschen Bier, Wein, Whiskey und anderen Spirituosen fand ich nichts Alkoholfreies, Trinkbares.

Seit langem hatte ich zum ersten Mal wieder richtig Durst. Ich brauchte was Anständiges. Alkohol war unpassend und Wasser zu langweilig. Ich weigerte mich, Wasser zu trinken. So tief konnte ich nicht sinken.

Hinten auf einem Regal wurde ich fündig. Es war zwar nicht direkt etwas Trinkbares, doch es erfüllte den Zweck. Es war eine angefangene Packung mit Grünteebeuteln. Ich machte mir eine Kanne Tee, setzte mich auf das Sofa und trank genüsslich eine Tasse nach der anderen.

Der Tee war gar nicht mal so übel. Die Erholung tat mir gut und war genau das, was mein Körper jetzt benötigte. Was ich weniger brauchte, waren die Whatsapp-Nachrichten von Jenna, die mein Qi störten und am späteren Nachmittag zahlreich eintrafen. Dabei fragte sie nicht einmal etwas zurück. Es waren nur einfache, nichtsaussagende Textnachrichten.

„Schade bist du so schnell gegangen."

„Es war ein sehr schönes Wochenende."

„Ich schaue jetzt gerade TV."

„Es läuft momentan Shopping Queen."

„Das Thema der Sendung ist „Grün wie eine Gurke"."

Da hatte ich den Schlamassel. Irgendetwas musste ich zurückschreiben, ansonsten würde das immer so weitergehen und dafür hatte ich echt keine Nerven. Jenna war nett und das Wochenende auch toll gewesen, aber mehr war da nicht. Irgendwie hatte es einfach nicht gefunkt zwischen uns. Zudem hatte ich morgen meinen Schnuppertag beim „Tanzenden Löwen", oder wie der Landgasthof schon wieder hiess. Darauf musste ich mich mental vorbereiten. Jenna schrieb ich kurz angebunden folgendes zurück:

„Vielen Dank für das schöne Wochen-ende. Ich kann es kaum erwarten, bis wir uns wiedersehen. Ich wünsche dir noch einen schö-nen Abend."

Wieso ich log, wusste ich nicht. Ich erhoffte mir jedoch, dass ich den Abend nun für mich hatte. Zur Sicherheit legte ich mein Handy weg.

10

Ich freute mich nicht wirklich auf den Schnup-pertag im Gasthof. Meine Vorbereitungen bestanden hauptsächlich aus dem Trinken alkoholischer Getränke und „Stranger Things". Drei Biere und einen Whiskey später war meine Motivation zwar noch immer nicht gesteigert, doch wenigstens fühlte ich mich besser. Der Alkohol half mir, die Nachrichten von Jenna zu verdrängen.

Mit dem vollen Whiskeyglas in der Hand lief ich im Zickzack in den oberen Stock in das Erholungszimmer. Ich war schon lange nicht mehr in diesem Zimmer gewesen. Das letzte Mal war wahrscheinlich mit meiner Ex-Freundin Lynn gewesen. Das waren schöne Zeiten gewesen. Ich wünschte mir, Jenna wäre ein bisschen mehr wie Lynn, dann wäre das Ganze wesentlich unkomplizierter. Lynn war eine tolle Frau gewesen.

Ich setzte mich auf die weichen Kissen und stellte die neusten Tiergeräusche an. Das Grunzen des südafrikanischen Wildschweins während des morgendlichen Baderituals half mir, zu entspannen. Einen Nachteil hatte das Zimmer allerdings. Der Alkohol war zu weit weg, was wiederum kontraproduktiv für meinen Entspannungsmodus war.

Zurück in der Küche fand ich ein Serviertablett, das ich mit Flaschen beladen konnte. Ohne Verluste brachte ich alle Flaschen unversehrt in das Erholungszimmer zurück, wo mittlerweile die Wildschweine nicht mehr am Grunzen, sondern in der trockenen Erde mit ihren Hufen am Herumscharren waren. Mir war das egal. Ich hatte meinen Frieden im Rausch zwischen den kuscheligen Kissen.

Irgendwann kippte die friedliche Stimmung. Die Melancholie der Einsamkeit überkam mich zunehmend, je mehr Alkohol ich intus hatte. Wie konnte ich bloss trotz meines Geldes einsam in einem Haus wie diesem enden?

Meine beiden letzten Beziehungen hatte ich gewaltig vermasselt. Mit Hanna hatte ich Schluss gemacht, weil mir mein Lottogewinn zu Kopf gestiegen war. Die Verlockungen waren zu gross gewesen und ich hatte keine Grenzen gesehen. Ich hatte mein Leben nicht mehr im Griff gehabt und wurde dann drogensüchtig. Das konnte Lynn, meine zweite Beziehung, irgendwann nicht mehr mitansehen, weshalb sie mich verlassen hatte. Lynn war eine Frau mit Klasse gewesen.

Ich vermisste sie beide. Beide waren total unterschiedlich gewesen und trotzdem hatte ich sowohl mit Hanna als auch mit Lynn eine sehr schöne Zeit gehabt. Meine Hand führte das Glas erneut zum Mund. Immerhin hatte ich ja jetzt Jenna. Diesmal nahm ich einen riesigen Schluck Whiskey aus der Flasche mit Fassstärke.

Das Wochenende mit Jenna war eigentlich nicht so übel gewesen. Grundsätzlich war sie eine nette Frau. Vielleicht sollte ich mich bei ihr melden. Jenna antwortete nicht, dennoch schrieb ich ihr viel zu viele Nachrichten. Vermutlich trieb die Einsamkeit mich dazu. Ob sie aus meinem Innern kam oder von der Leere des Hauses auf mich übertragen wurde, konnte ich nicht sagen. Ich wünschte bloss, Hanna, Lynn, Jenna oder irgendwer wäre gerade hier.

11

Mit nur 30 Minuten Verspätung kam ich pünktlich im „Singenden Löwen" an. Das schien die Verantwortliche, mit der ich telefoniert hatte, jedoch nicht zu kümmern. Ebenfalls störte es sie nicht, dass ich ihren Namen nicht mehr wusste. Aufgrund meiner gründlichen Vorbereitung am Vorabend hatte ich gerade knapp den Weg gefunden. Mehr konnte man von mir in meinem Zustand nicht erwarten.

Irene, deren Namen ich nicht mehr wusste und in Wirklichkeit völlig anders hiess, führte mich durch den Gasthof. (Stellt euch vor, ich würde die nächsten 182 Seiten nur von der namenlosen Frau sprechen. Wie mühsam. Spoiler: Nach der Seite 66 kommt sie eh nicht mehr vor). Da es 11 Uhr vormittags war, befanden sich die Köche bereits mitten in den Zubereitungen der Mittagessen. Die drei Männer, die etwas über 40 waren, schnitten Gemüse, stapelten Teller und Schüsseln und portionierten Zutaten. Irene half mehrheitlich in der Küche, da der Gasthof um diese Uhrzeit noch fast keine Gäste hatte. Der grosse Ansturm kam erst kurz vor der Mittagszeit. Bis dahin konnte sie mir alles zeigen und erklären.

Der Gasthof hatte drei Esssäle. In den zwei Grossen waren jeweils Platz für schätzungsweise 15-20 Gäste. Im Kleinen hatten gerade Mal acht Personen Platz. Das Tagesmenü war eine Gemüsesuppe zur Vorspeise, Rösti mit Bratwurst im Hauptgang und zum Dessert Apfelkuchen.

Abschliessend zeigte mir Irene ihren Hund. Im Hinterhof in einem grossen Zwinger hatte sie einen Deutschen Schäferhund. Wäre er nicht im Zwinger, hätte ich bestimmt Angst gehabt. Das dauernde Bellen des hüfthohen Tieres schüchterte mich ganz schön ein. Irene beteuerte mir zwar, dass er ein ganz Lieber sei, aber das sagen alle Hundebesitzer von ihren Biestern. Ich glaubte ihr jedenfalls nicht.

Als der Rundgang beendet war, bekam ich einen Gasthof-Veston angelegt und es ging los. Die Leute stürmten herein und ich grüsste freundlich. Sie grüssten nicht zurück. Ich drückte ihnen die Speisekarte in die Hand. Ihnen war ich zu langsam. Ich nahm die Bestellungen auf und mühselig kritzelte ich alles auf den Miniaturpapierblock. Eilig lief ich in die Küche zurück, wo ich alles sorgsam weiterleitete. So weit klappte alles ganz gut. Ich war motiviert und Irene schätzte meinen Einsatz.

Beim Verteilen der Speisen und Getränken wusste ich plötzlich nicht mehr, wer was bestellt hatte. Das lernte ich schon noch, meinte Irene aufmunternd. Kurz vor Feierabend rief sie mich zu sich und fragte, wie mir der Tag gefallen hatte. Wir vereinbarten, dass ich gleich die ganze Woche bleiben würde. Ich war froh, dass ich gebraucht wurde. Es fühlte sich gut an.

Mit diesem Empfinden fuhr ich glücklich nach Hause, wo mich die Realität schlagartig einholte. Ich hätte gerne jemandem davon erzählt, doch das Haus war leer. Ich hatte niemanden ausser ein Bier, was aber, wie sich herausstellte, nicht der ideale Gesprächspartner war, obwohl es sehr gut Zuhören konnte.

Irgendwann fiel mir Jenna ein. Den ganzen Tag über war ich so beschäftigt gewesen, dass ich sie völlig vergessen hatte. Ich zückte mein Natel aus der Hosentasche. Nachdem ich allerdings meine Nachrichten vom Vorabend gelesen hatte, verwarf ich mein Vorhaben, ihr zu schreiben, wieder. Die Nachrichten begannen gar nicht Mal so übel mit „Das gemeinsame Wochenende war schön" und steigerten sich bis zu „Ich vermisse deinen Kaffeeatem."

Stattdessen rief ich sie an, entschuldigte mich und gab zu, dass ich betrunken war und einen schlechten Abend gehabt hatte. Sie akzeptierte alles erstaunlich schnell und wir vereinbarten ein Date für den morgigen Abend nach meiner Arbeit.

Ich legte das Telefon weg und war mit meinem Bier wieder alleine in dem grossen Haus. Trotzdessen, dass ich Schritt für Schritt meinen Zielen näher kam, blieb die Leere in mir. Was ich auch tat, es erfüllte mich höchstens kurzweilig mit Freude und Motivation. Das Einzige, was mir abends übrig blieb, war der Alkohol.

12

Am Dienstag kam ich erneut zu spät im Gasthof an. Der Grund war, dass ich einfach keine

Lust hatte. Ich konnte es mir selbst nicht ganz erklären, doch ich wollte keine Leute mehr bedienen. Irene drückte ein Auge zu. Ich kriegte eine kurze Moralpredigt und eine Verwarnung, die mir herzlich egal war.

Anschliessend half ich in der Küche, bis die Gäste eintrafen. Die Leute kamen und ich bediente sie mit soviel Enthusiasmus, wie ich aufbringen konnte, insgesamt null. Immerhin kriegten alle ihre Speisen. Das musste für heute reichen.

In einer etwas ruhigeren Phase überlegte ich tatsächlich, ob Hunde auch heiser werden konnten. Die Bestie im Zwinger brüllte nonstop. Vielleicht litt sie ja an einem Halsleiden. Ein Pfefferminzbonbon wäre meiner professionellen Einschätzung nach einen Versuch wert, aber es war ja nicht mein Hund.

Der Tag verging schnell und der Ausblick auf das Date mit Jenna machte den Tag etwas hoffnungsvoller. Irene musste meine Lustlosigkeit gespürt haben und entliess mich erfreulicherweise früher in den Feierabend.

Zu Hause angekommen hatte ich gerade noch Zeit zu duschen, bevor Jenna kam. Es war unübersehbar, dass sie sich schick gemacht hatte. Im Gegensatz zum letzten Mal trug sie mehr Wimperntusche, was ihren Blick lasziver machte. Ich hatte nichts dagegen. Nach dem anstrengenden Tag fühlte ich mich nach einer bequemen Trainerhose und einem Kapuzenpullover. Wir ergänzten uns perfekt.

Jenna und ich wollten kochen. Das Vorhaben stellte sich aber als schwieriger als angenommen heraus, denn wie üblich hatte ich fast nichts Essbares im Haus. Im Küchenschrank fanden wir ein Pack Penne und ein Glas Tomatensauce. Ich war erstaunt, dass das Haltbarkeitsdatum der Tomatensauce noch nicht abgelaufen war.

Gekocht und gegessen war schnell. Viel herausfordernder war die Frage, was wir danach tun würden. Weil uns nichts Besseres einfiel, hatten wir Sex. Nicht, dass ich etwas dagegen gehabt hätte. Ich möchte mich überhaupt nicht darüber beklagen. Joggen wäre beispielsweise deutlich schlechter gewesen.

Wir lagen nebeneinander im Bett. Ich war erschöpft. Die körperliche Betätigung hatte mich müde gemacht. Jenna, die jede Woche Sport machte, hatte offenbar noch Energie. Sie wandte sich von mir ab und griff nach dem Natel. Das Licht des Displays erleuchtete den Raum wie ein Scheinwerfer. Mit meiner süsses-

ten Engelsstimme bat ich sie, das Natel wegzu-
legen.

„Einen Moment, Brummbärchen."

30 Minuten später war der Moment noch
immer nicht vorbei. Was jedoch zu einem Ende
gekommen war, waren meine Nerven. Jetzt war
ich gereizt. Und das „Brummbärchen" war da
noch nicht miteingerechnet.

„Jenna, ich wäre wirklich froh, wenn du
das Natel weglegen könntest. Mit dem Licht
kann ich nicht schlafen und ich habe morgen
einen anstrengenden Tag."

„Jaja, gleich."

Augenblicklich schlug meine Gereiztheit
in Aggression um. Ich stand auf, lief um das
Bett, schnappte das Natel aus ihren Händen
und warf es aus dem Fenster. Daraufhin
beschimpfte sie mich, was im Nachhinein verständlich war. Ich war mir nicht sicher, ob die
Vielfalt der abwertenden Ausdrücke ein Zeichen für ihre Kreativität oder ihrem gemeis-
terten Fachjargon war.

Wir schrien uns noch einige weitere ausgefallene Wörter an den Kopf, bis sie schliesslich aus dem Haus stürmte. Damit war das
Kapitel Jenna wohl erledigt. Schade. Eigentlich
war sie ganz okay gewesen. Jedenfalls trank ich

ein Bier, um mich zu beruhigen und schlief danach friedlich in meinem dunklen Schlafzimmer ein.

13

Am nächsten Vormittag hatte ich meine zweite Wohnungsbesichtigung, weshalb ich erst gegen Mittag zur Arbeit musste. Das kam mir gerade recht. Auf dem Weg zur Wohnung schrieb ich Jenna, dass es vorbei war mit uns. Wieso ich das tat, wusste ich nicht genau. Ich nahm nicht an, dass sie nach der gestrigen Aktion noch mit mir zu tun haben wollte. Wahrscheinlich wollte ich das einfach geklärt haben. Sie antwortete natürlich nicht.

Die Wohnung war am Rande des Zentrums, was für mich schon mal ein positiver Punkt war. Das Appartement selbst befand sich im dritten Stock und entsprach fast ganz meinen Vorstellungen. Denselben Luxus wie mit meinem Haus würde ich natürlich nie wieder haben. Das musste ich akzeptieren. Die Fünf-Zimmer-Wohnung hatte ein grosses Schlafzimmer, ein geräumiges Wohnzimmer mit einem Eckbalkon, eine moderne Küche und ein neu saniertes Badezimmer. Die Zimmer waren geräumig, was eine zwingende Voraussetzung war, denn sie mussten genügend Platz für alle meine angesammelten Besitztümer bieten.

Zudem kam ein riesiger Keller. Das war ein weiterer positiver Punkt. Nach 5-Minuten-langen, hoch komplexen Überlegungen entschied ich mich, die Wohnung zu nehmen.

Da ich keine Lust hatte zum „Brüllenden Löwen" zu gehen, fuhren wir gleich ins Immobilienbüro, wo ich sämtliche Unterlagen unterzeichnete. Ich konnte nächstes Wochenende bereits einziehen. Endlich kam ich weg von meinem Haus. Ein neues, besseres Kapitel würde beginnen, dessen war ich mir sicher.

Ich kam pünktlich nach dem Mittagsansturm im Gasthof an. Irene war ganz schön sauer, denn sie hatte mit meiner Hilfe gerechnet. Für die neue Wohnung nahm ich den Ärger jedoch gerne in Kauf. Auf meine lügende Erklärung, dass es eben so lange gedauert hat, konnte sie allerdings nicht viel erwidern. Mürrisch meinte sie nur:

„Du hättest wenigstens anrufen können."

Gestern hätte man es noch als demotiviert bezeichnen können, doch heute war es weitaus mehr. Dafür fiel mir nicht einmal ein passendes Wort ein. Ich war mir sicher, dass ich im Gasthof nichts verloren hatte. Ich wollte nicht mehr im „Knurrenden Löwen" arbeiten. Die Beschwerden der Gäste, weil sie ein falsches Menü serviert bekamen, waren mir egal. Ich mochte niemandem zuhören, egal ob Gast oder Chefin. Selbst den Hund von Irene, der draussen in seinem Zwinger war und wie üblich ohne Unterbrechung bellte, ertrug ich nicht mehr.

Zu Hause wurden aus einer Erfrischung schnell zwei, dann schliesslich vier. Sie schienen sich exponentiell zu vermehren. (Ob ich 16 geschafft habe, lasse ich der Fantasie der Leserschaft offen.) Mein Durst liess sich an diesem Abend nicht stillen. Ich trank weiter, so viel ich konnte. Als ich feststellte, dass es draussen dunkel und ich einsam im Haus war, trank ich noch mehr. Ich wollte nicht alleine im Haus sein, hatte jedoch keine andere Wahl.

Irgendwann schaffte ich den Weg zurück zum Sofa nicht mehr, weshalb ich mich auf den Boden legte und dort weiter trank. In welchem Zimmer des Hauses ich war, konnte ich nicht sagen. Alles drehte sich. Mein Leben machte keinen Sinn mehr. Ich war alleine, ohne jegliche

Freude. Nichts mehr machte mir Spass. Zudem drifteten meine Gedanken immer wieder zu der schrecklichen, vergangenen Tat. Die quälenden Gedanken kamen immer wie häufiger und heftiger. Mittlerweile holten sie mich fast jede Nacht ein.

14

Ich wachte auf dem Küchenboden auf. Eigentlich hätte ich darauf kommen können, dass ich mich in der Küche befand, denn weit konnte ich mit den Getränken nicht gekommen sein. Die digitale Uhr am Backofen verriet mir, dass ich erneut zu spät zur Arbeit kam. Gemütlich duschte ich und zog mich an, bevor ich losfuhr. Es war mir schnuppe.

Im „Hüpfenden Löwen", was übrigens ein bescheuerter Name für einen Landgasthof war, erklärte ich mit übertrieben viel Verständnis, dass ich keine Lust mehr auf diese Arbeit hatte und ab sofort nicht mehr kommen würde. Irene wusste nicht recht, was sie sagen sollte. Es war einer diesen unbehaglichen Situationen, wo man etwas sagen musste, aber nicht wusste was. Nach einer viel zu langen und unangenehmen Pause brachte sie ein „Wahrscheinlich ist es besser so" heraus.

Auf dem Weg nach draussen sagte ich der Küche aufwiedersehen, der Hund bellte mir beim Wegfahren ein „Tschüss" zu und um die Mittagszeit war ich wieder zu Hause. Ich fühlte mich besser, auch wenn ich jetzt wieder eine neue Arbeit finden musste und somit auf der Liste mit meinen persönlichen Zielen einen Schritt zurückgemacht hatte.

15

Ich brauchte eine Beschäftigung für den Nach-mittag, was der Grund war, weshalb ich eine To-do-Liste anfertigte. Darauf stand Folgendes:

1. Job suchen
2. Freundin/Freunde finden
3. Umzug organisieren

Es hätte sicherlich noch mehr Punkte gegeben, doch mir fielen keine mehr ein und der Nach-mittag war eh fast um. Sorgfältig wägte ich ab, welcher der drei Punkte der Wichtigste war. Aufgrund der Dringlichkeit priorisierte ich den Umzug am höchsten.

In allen Filmen wurde ein Umzug in ein

neues Heim mit einem Tag mit Freunden dargestellt, der gemeinsam erlebt und viel dabei
gelacht wurde. Da hatte ich mein Problem
schon. Ich hatte keine Freunde. In meiner Verzweiflung rief ich Hanna an. Sie war ganz
schön überrascht, mich zu hören. Dennoch
sagte sie sofort zu, mir zu helfen. Ich erklärte
ihr knapp meine Situation, worauf sie sogar
vorschlug, einige ihrer Freunde zur Unterstüt-
zung mitzubringen. Das Angebot nahm ich
dankend an.

Ich vermisste sie, verabschiedete mich
und legte auf. Das ging schnell. Mit einem
Kugelschreiber strich ich den dritten Punkt
durch. Kurz darauf fiel mir ein, dass ich ein
grosses Auto benötigte. Mein Aston Martin
würde als Zügelwagen kaum ausreichen.

Die Lösung für alles, das Internet, half
mir bei der Suche nach einem kleinen Lastwagen. Mit wenigen Mausklicks hatte ich einen
gemietet. Vorsorglich wie ich war, hatte ich ihn
gleich von Freitag bis Montag gebucht. Das
sollte für den Umzug reichen.

16

Mit den Frauen hatte ich kein Glück. Man

möchte nicht denken, dass meine charmante Person Schwierigkeiten bei der Partnersuche hatte, doch so war es nun mal. Wie es das Schicksal wollte, hatte ich bis jetzt einfach Pech gehabt. Es war an der Zeit, die Partnersuche neu in Angriff zu nehmen.

Jenna war eine nette Frau gewesen, aber es hatte einfach nicht gefunkt. Die Chemie zwischen uns hatte nicht gepasst. Ich vermisste die Nervosität, jemanden zu treffen, die Aufregung bei ihr zu sein und die Freude gemeinsame Interessen zu teilen. Ich sehnte mich nach den sogenannten Schmetterlingen im Bauch und wünschte mir eine Seelenverwandte.

Damit die nächste Bekanntschaft nicht wieder eine Jenna werden würde, registrierte ich mich bei einer Dating-Webseite. Partner-4-Life machte auf mich einen seriösen Eindruck. Die Webseite entsprach trotz der vielen Werbeanzeigen meinen gewünschten Vorstellungen. Die Erfolgschancen schienen nach eigenen Angaben zudem relativ hoch. Jeder Dritte findet laut der Beschreibung einen Partner fürs Leben, wobei ich mich fragte, wie lange diese Personen lebten, denn so lange gab es die Webseite noch nicht.

Optimistisch erstellte ich ein Login,

zahlte meine 50.- Franken Bearbeitungsgebühr und füllte die Fragen annähernd wahrheitsgetreu aus. Ich hatte braunes Haar, war mittelgross, braune Augen und einen riesigen Penis. Das wichtigste war somit schon einmal geklärt. Die Leserin sollte nicht denken, ich würde sexuell nicht genügen. Zudem schrieb ich ergänzend noch ein paar Details hin. Ich war reich, mochte Romantik und überlegte mir, einen Welpen anzuschaffen. Zum Schluss betonte ich noch, dass mir guter Humor wichtig sei, denn ich lachte aus Leidenschaft gerne. Jetzt musste ich nur noch die Angaben speichern und schon war alles erledigt. Es konnte nichts mehr schiefgehen.

Die Zeit verriet mir, dass ich den ganzen Tag dran gewesen war Dating-Seiten zu begutachten. Jetzt war es an der Zeit, mich langsam auf den Weg machen und den Umzugswagen abholen.

Nach einem kurzen Fussweg erreichte ich die Bushaltestelle. Weil der Bus ziemlich voll war, setzte ich mich auf einen Platz im letzten freien Viererabteil. Die Frau, die mit mir eingestiegen war, hatte denselben Plan, was zur Folge hatte, dass wir beide uns zeitgleich in das Abteil setzten. Das war unangenehm und

69

amüsant zur selben Zeit. Verzweifelt versuchten wir, zu vermeiden, dass unsere Blicke sich trafen. Und wenn sie sich dennoch trafen, lächelten wir verlegen.

Die Rettung kam, als sie aus ihrer Handtasche ein Taschenbuch zückte. Früher kannte ich eine Frau namens Mia, die ebenfalls täglich im Bus gelesen hatte. Mia war eine eigenartige, aber interessante Frau und die Unterhaltungen mit ihr immer amüsant gewesen. Ich hatte die Bekanntschaften durch den Alltagszufall immer gemocht. Ich mochte es, Leute zu beobachten und analysieren. Den Alltag mit anderen Menschen zu verbringen, vermisste ich, auch wenn es nur das tägliche Pendeln war.

Der Lastwagen war abholbereit. Nach einigen Formalitäten konnte ich damit losfahren. Langsam manövrierte ich das grosse Gefährt aus der Tiefgarage heraus. Das grosse Fahrzeug war ungewohnt, weshalb ich sehr vorsichtig fuhr. Durchschnittlich rollte ich 20 Stundenkilometer zu langsam durch die Strassen. Der Himmel zeigte bereits Spuren des Nachtwerdens. Die Dunkelheit brach herein.

Zuhause trank ich erstmals ein Bier gegen den Durst. Anschliessend folgte Wein gegen das Verlangen. Wein hatte ich früher nie gemocht. Das hat sich erst in letzter Zeit entwickelt. Mittlerweile weinte ich ganz gerne (Achtung Wortspielalarm). Wein hatte für mich etwas Edles, Geniesserisches. Vielleicht würde es eines Tages ja mal zu meinem Lieblingsgetränk.

Ich wusste, ab morgen würde mit dem Umzug ein neues Kapitel in meinem Leben beginnen. So sehr ich dieses Haus verfluchte und hasste, es hatte viele Erinnerungen geschaffen. Eine nostalgische Welle überkam mich. Ich war mir aber sicher, dass ab morgen alles besser sein würde. Mit diesem Gedanken fühlte ich mich nicht mehr ganz so einsam und schlief ausnahmsweise friedlich ein.

17

Das Klingeln von Hanna an der Haustür weckte mich. Ich schleppte mich zur Tür, öffnete und führte die Gruppe in die Küche. Hanna brachte drei Kollegen mit, die mit anpackten. Da ich ihre Namen nicht mehr weiss, nenne ich sie Tick, Trick und Track. Während sie in der Küche Kaffee tranken, duschte und zog ich mich in Windeseile an. Es war mehr so ein kühles Lüftchen als ein wirklich starker Wind. Zwischenzeitlich tranken sie drei Kaffees.

Ich zeigte ihnen den Umzugswagen, den sie für viel zu klein hielten. Das mochte stimmen, doch ich wollte nur das Wichtigste mitnehmen: Kleider, einige Möbel, Elektrogeräte und die Getränke. Sie begannen alles in Kartonkisten einzupacken, während ich erst mal einen Schwarztee trank. Genau das Richtige für einen frühen Samstagmorgen.

Gegen Mittag waren genügend Kisten eingepackt, um den Lastwagen zu füllen und ein erstes Mal in die neue Wohnung zu fahren. Das Einpacken und Transportieren dauerte deutlich länger als angenommen. Am Nachmittag hatten wir erst die zweite Ladung fertig. Dennoch waren die wichtigsten Gegenstände jetzt bereits in der neuen Wohnung.

Beladen mit einer Kiste lief ich aus dem Lastwagen in Richtung der Wohnung, da sah ich, dass Tick und Hanna sich umarmten und küssten. Das kackte mich tierisch an. Ich hatte nicht gewusst, dass Hanna ihren Lover mitbrachte, und hatte das auch in keiner Weise erwartet. Darauf war ich nicht vorbereitet. Ich fühlte mich überrumpelt und provoziert. Ich liess die Kiste fallen, lief zu ihnen und schrie Hanna an:

„Was denkst du eigentlich, wie es hier läuft?"

Hanna stand völlig perplex vor mir. Beide schauten mich entgeistert an.

„Ihr seid zum Arbeiten da und nicht zum Rumknutschen. Und was denkst du dir eigentlich dabei, deinen Toyboy mitzubringen?"

Ich drehte mich zu ihm.

„Dich können wir hier eh nicht gebrauchen. Du hast hier nichts verloren."
Jetzt meldete sich Tick zu Wort:

„Ruhig, Kumpel. Schalt mal einen Gang runter. Was ist denn überhaupt los?"

„Was los ist? Ich sag dir gleich, was los ist!"

Daraufhin verpasste ich ihm einen rechten Haken. Der Schlag überraschte ihn, aber haute ihn leider nicht aus den Socken. Tick war gut einen Kopf grösser und deutlich muskulöser. Ich war dafür schöner. Alles konnte man nicht haben.

Schnell holte er aus und verpasste mir einen Schlag mitten ins Gesicht, der im Gegensatz zu meinem sass und mich von den Füssen riss. Als ich die Augen aufmachte, erkannte ich, dass ich am Boden lag. Ich hörte gerade noch, wie Hanna sagte:

„Du bist immer noch dasselbe Arschloch wie früher. Sieh, was das Geld aus dir gemacht hat."

Mit einem verschwommenen Blick erkannte ich gerade noch, wie Hanna und Tick davonliefen. Ich fand mich alleine auf dem harten Asphalt wieder. Die Worte von Hanna hatten mich mehr getroffen als der Schlag.

Mühsam rappelte ich mich auf, trug die herumstehenden Kisten in die Wohnung und stellte den Lastwagen auf den Parkplatz. Die neue Wohnung war natürlich noch fast leer. Die meisten Kisten waren in einem der Zimmer abgestellt und gestapelt. Einzig einige Möbel wie das Sofa oder die Kleiderschränke waren bereits an der richtigen Stelle.

In einer Kiste fand ich Esswaren und Getränke, die ich in die Küchenschränke verstaute. Mit einigen Snacks setzte ich mich anschliessend auf das Sofa. Ich griff nach der Fernbedienung, bis mir einfiel, dass der Fernseher noch nicht installiert war. Das deprimierte mich. Genau so wie Hannas Worte mich deprimierten. War ich ein Arschloch?

Dass das Geld mich verändert hat, ist unbestritten. Doch war ich ein schlechter Mensch geworden? Wo ist die Grenze zwischen gut und schlecht sein? Ich hatte nichts mehr von meinem früheren Leben. Alles hat sich verändert und mit vielen von diesen Veränderungen musste ich lernen zurechtzukommen. Ich habe schreckliche Dinge getan, mit denen ich für immer leben musste.

Auf der Küchenablage fand ich eine angefangene Flasche Whiskey, die ich mir holte. Ich war allein mit meinen Gedanken, den Snacks und der Whiskeyflasche. Mein Leben musste sich ändern. Ich seufzte und nahm einen Schluck aus der Snacktüte. Die Situation kam mir irgendwie bekannt vor. Neue Wohnung, altes Leid.

Die Dunkelheit war nun definitiv hereingebrochen und der Tag der Nacht gewichen. Ich sass alleine mit der Whiskeyflasche in der Hand auf dem Sofa. Ein Glas war mir zu umständlich. Ich wusste nicht einmal, in welchen Kisten die Gläser sich befanden, weshalb ich direkt aus der Flasche trank.

Immer noch mit meinen Gedanken beschäftigt, setzte ich die Flasche an meinem Mund an, um einen Schluck zu nehmen, als ein

Schatten durch den hinteren Teil des Wohnzimmers huschte. Der Schatten war kaum wahrzunehmen. Er verschwand so schnell, wie er auf-
getaucht war und ich war mir nicht einmal
sicher, ob ich ihn wirklich gesehen hatte. Mich
überkam ein Gefühl der Beklommenheit und
Unsicherheit.

Daraufhin nahm ich einen doppelt so
grossen Schluck Whiskey, der meine Gefühle in
den Hintergrund drängte. Das tat gut. Zu
meinem sonst schon miesen Leben brauchte ich
nicht auch noch Spukgeschichten. Betrunken
schlief ich auf dem Sofa ein.

18

Am Sonntagmorgen erntete ich einen vorwurfs-
vollen Blick von der Whiskeyflasche. Sie war
leer und ich wohl noch nicht bei vollem
Bewusstsein. Es war ein gemütlicher Tag, passend zum Wetter, denn draussen regnete es in
Strömen. Ich öffnete eine Kiste nach dem anderen und versuchte, die Dinge an geeignete Orte
zu tun, was nicht einmal so einfach war. Bei den
Kleidern war das relativ leicht. Die kamen fast
alle in den Schlafzimmerschrank, in den
Schrank im Flur, in den Zimmerschrank oder

sonstige Möbel, vorwiegend andere Schränke.
Schwierig wurde es von da an, wo die Schränke
voll waren. Ab dem Zeitpunkt, wo ich keine
Verstaulösungen mehr fand, liess ich die Kisten
offen an der Wand im Schlafzimmer herum-
liegen.

Die Esswaren konnte ich alle in der
Küche unterbringen. Das war ebenfalls einfach,
denn ich hatte sowieso fast nichts Essbares. Mit
den Flaschen hingegen war das eine ganz
andere Sache. Die füllten den restlichen Platz in
der Küche, was grundsätzlich optimal gewesen
wäre, nur hatte ich ja noch Geschirr und Koch-
utensilien. Fluchend räumte ich alle Flaschen
wieder aus den Schränken und stellte sie auf
den Wohnzimmerboden.

Einige andere Dinge wie beispielsweise
die Wandbilder wusste ich nicht genau, wo ich
diese haben wollte. Diese Gegenstände packte
ich aus den Kisten, liess sie aber vorübergehend
in den Zimmern stehen, liegen und sitzen.

Während des Einrichtens fand ich meine
Musikboxen und den Laptop in einer der
Kisten. Ich stellte meine Spotify-Wiedergabe-
listen ein. Mit Musik machte das Einrichten
definitiv mehr Spass. Gegen vier Uhr nachmit-
tags bemerkte ich ein kleines, geöffnetes Fenster

77

am Bildschirmlaptop. Das hatte ich bestimmt nicht eingestellt und wusste auf den ersten Blick auch nicht, was es war. Ich klickte auf das Fenster. Das Fenster wurde grösser und verriet mir:

„Sie haben eine Nachricht von PinkSelina auf Partner-4-Life erhalten."

Unmittelbar wurde ich ein wenig nervös. Wer war diese PinkSelina? Würde sie zu mir passen? War das die Wahl, die Partner-4-Life für mich getroffen hatte? Ich öffnete mein Profil. In der oberen Ecke war unübersehbar ange-zeigt, dass ich eine neue Mitteilung erhalten hatte. Ich klickte darauf. Mein Posteingang wurde nun angezeigt.

„Hallo MagicMike. Du scheinst ein interessanter Typ zu sein. Ich mag Hunde sehr. Was für einen Welpen möchtest du dir anschaf-fen?"

Sie mochte mich wohl wegen meiner humorvollen Art. Ohne zu zögern, schrieb ich zurück.

„Hallo PinkSelina. Ich habe mich noch nicht entschieden. Ein kleiner, niedlicher Hund wie einen Pitbull wäre ideal. Hast du Erfah-rungen mit Hunden? Welche Hunderasse wür-dest du mir empfehlen?"

Mit einem weiteren Mausklick war die Nachricht abgeschickt. Jetzt musste ich nur noch warten, bis sie sich meldete, was sie auch tat. Gegen sieben Uhr hatte ich wieder ein neues Nachrichten-Fenster am Laptop offen.

„Hi MagicMike. Es freut mich, dass du dich gemeldet hast. Ich bin mit zwei Labradoren aufgewachsen. Von dem her könnte ich dir einen Labrador empfehlen. Der ist ungefähr gleich gross wie ein Pitbull. Die sind übrigens nicht gerade klein."

Ich schrieb zurück:

„Ja, Labradore mag ich sehr. Jetzt hast du keinen Hund mehr?"

Postwendend kam ihre Antwort. PinkSelina musste demnach gerade online sein.

„Nein leider nicht. Ich lebe im Zentrum in einer Wohnung im vierten Stock. Das ist nicht gerade geeignet für Hunde. Du?"

„Ich lebe ebenfalls im Zentrum. Mein Appartement befindet sich im dritten Stock, weshalb es viel besser für Hunde geeignet ist."

„Du bist witzig. Das mag ich. Aber im ernst, findest du nicht, dass der dritte Stock ebenfalls nicht ideal ist?"

„Eigentlich schon, doch meine Wohnung

ist geräumig und bietet genügend Platz für einen Hund. Zudem werde ich mir einen Job suchen, der mit Hund möglich ist."

„Was meinst du mit Job suchen? Hast du denn keinen Job?"

„Nein momentan befinde ich mich in einer Neuorientierungsphase."

Neuorientierungsphase hörte sich super-intelligent für fauler Sack an.

„Was hast du denn bis jetzt gemacht?"

PinkSelina und ich schrieben die ganze Nacht bis um zwei Uhr morgens. Da sie am nächsten Tag arbeiten musste, beendeten wir um diese Zeit unseren Chat. PinkSelina schien eine sympathische Frau zu sein.

19

Die neue Wohnung war teilweise eingerichtet und eine Frau schien Interesse an mir zu haben, somit war die Welt sogleich ein klein wenig runder und ich konnte weitere Ziele in Angriff nehmen. Da der Umzug nicht ganz optimal ver-laufen war, hatte ich noch einige wenige Gegen-stände im Haus. Ich hatte jedoch überhaupt keine Lust, dorthin zurückzugehen, und ausserdem war meine Wohnung schon genügend überstellt, weshalb ein Räumungs- und Reinigungsunternehmen diese Aufgabe für mich übernahm. Infolgedessen hatte ich nichts mehr damit zu tun.

Das nächste persönliche Ziel konnte angegangen werden. Die Suche nach einer passenden Arbeit ging weiter. Von meinen ehemaligen Schulkollegen arbeiteten gleich mehrere in einer Kinder Tagesstätte. Ich wusste noch, wie sie von den Kindern erzählten, wie aufgestellt und fröhlich sie seien. Wenn ich so darüber nachdachte, hörte sich die Arbeit sehr erfüllend an. Zudem, wie schwer konnte die Arbeit mit kleinen Kindern schon sein?

Im Internet suchte ich nach offenen Stellen und auf Anhieb fand ich gleich mehrere. Ich beschloss, die nächstgelegene Kita anzufragen. Die Frau am Telefon hörte sich freundlich und seriös an. Das waren gute Voraussetzungen. Mir war wichtig, dass ich ernst genommen wurde. Wir vereinbarten sogleich, dass ich am nächsten Tag schnuppern gehen würde.

In Jeans und Pullover erschien ich pünktlich zehn Minuten zu spät. Dennoch wurde ich von Irma warm empfangen. Irma war die Frau, mit der ich am Vortag telefoniert hatte. Sie stellte sich und das Team kurz vor, erzählte, dass sie sich über mein Interesse freute und kurz darauf stürmte auch gleich eine wilde Elefantenherde bestehend aus kleinen Kindern herein. Ich glaubte, die Wucht der Herde werfe mich jeden Moment um, doch glücklicherweise war das nicht der Fall.

Zur Begrüssung sassen wir alle auf den viel zu kleinen Stühlen und sangen das Guten-Morgen-Lied, obwohl ich mir nicht sicher war, ob er gut war. Trotzdem sang ich aus voller Kehle mit. Ich konnte mich nicht erinnern, wann ich das letzte Mal gesungen hatte. Wahrscheinlich war das an einer Familienweihnachtsfeier gewesen und das auch nur, weil ich keine Wahl hatte.

Anschliessend an das Morgensingen wurde gespielt. Die Kinder verteilten sich zu den Bauklötzchen, den Puzzles, den Memorys und anderen Spielen. Ich hielt mich im Hintergrund auf. Durch das Zimmer laufend beobachtete ich die verschiedenen Spieleposten. Ein Mädchen schaute mich mit erwartungsvollen Augen an, als ich neben ihr stand und weil ich nichts sagte, fragte sie mich, ob ich mit ihr Tee trinken wollte. Ich antwortete ihr liebevoll, dass ich zwar Tee mochte, jedoch Whiskey bevorzugte und lief weiter.

Insgesamt schienen die Kinder ganz in Ordnung, bis auf eine unverständliche Szene. Tina hatte von Tobias ein Klötzchen an den Kopf geworfen gekriegt, worauf sie weinen musste. Daraufhin wollte ich ihr ein Klötzchen zum Zurückwerfen geben, aber sie nahm es nicht, sondern blieb weinend am Boden liegen. Soll das noch einer verstehen. Ansonsten gab es keine Zwischenfälle.

Kurz vor Mittag kam Irma zu mir. Sie bat mich, mitzuhelfen und während des Essens für Ordnung zu sorgen. Es gab Spaghetti Bolognese. Ich mochte Spaghetti Bolognese. Der kleine Lewis allerdings nicht. Er verteilte sein Hackfleisch rund um den Teller und gestaltete einen eigenen kleinen Picasso. Als ich ihm sagte, er solle nicht mit dem Essen spielen, nahm dieser den Löffel voll beladen mit Hackfleisch und Tomatensauce, spannte ihn und die Ladung flog schnurgerade auf mich zu. Sie landete auf meinem Pullover. Hilfesuchend blickte ich zur Irma, die mit den Schultern zuckte und lediglich sagte:

„Tja, Kinder halt.“

Da wurde mir klar, dass das keine Kinder, sondern kleine Monster waren. Tja, dann war das wohl kein Job für mich. Ich floh auf der Stelle, verliess das Kita-Haus und lief zur nächsten Dönerbude. Mit einem Dürüm stillte ich meinen Hunger und das zudem in einer wohltuend ruhigen Umgebung.

20

Von PinkSelina hatte ich heute noch nichts gehört. Hatte ich etwas falsch gemacht? Verstand ich dieses Online-Dating-Ding nicht richtig? Ich wollte nicht länger warten und ergriff die Initiative. Ich schrieb ihr.

„Hey PinkSelina. Hast du einen guten Tag gehabt? Es würde mich freuen, von dir zu lesen. Liebe Grüsse. Mike."

Ungefähr um sieben Uhr erhielt ich eine Nachricht. PinkSelina schrieb:

„Hi Mike. Sorry, hatte viel zu tun gestern. Mein Tag war ganz ok. Wie war deiner? Mit der Hundesuche schon einen Schritt weiter?"

„Ganz gut. Ich habe mir vorübergehend einen imaginären Labrador angeschafft, bis ich mich definitiv für einen Welpen entschieden habe. Der Labrador heisst Rolf und kann bereits "Sitz" machen."

„Oh, gratuliere zu deinem Rolf. Scheint

ein besonders begabtes Exemplar zu sein. Was habt ihr heute so gemacht?"

Sie stieg darauf ein. Das gefiel mir.

„Nichts aussergewöhnliches. Wir haben gemeinsam Geschichten gelesen, er hat für mich am Mittag gekocht und vorhin waren wir Shoppen. Er brauchte neue Unterwäsche."

Wir schrieben auf die Weise weiter, wo wir vor zwei Tagen aufgehört hatten. Das war ein positives Zeichen. Ich hatte demnach nichts falsch gemacht. Als es wieder spät wurde, mussten wir abbrechen. Nicht aber, ohne vorher ein Treffen zu vereinbaren. Wir wollten uns morgen Abend nach ihrer Arbeit sehen. Ich war gespannt und bereits ein wenig aufgeregt.

21

Meine Gedanken waren seit dem Aufstehen nur bei PinkSelina. Wie gross war sie wohl? Würde sie pink gekleidet sein? Sah sie gut aus? Hatte sie Kaffeemundgeruch? In meinen Gedanken sah sie aus wie eine blondäugige, blauhaarige Schönheit, aber wahrscheinlich vertauschten meine nervösen Vorstellungen da was.

Den Tag über war ich kaum fähig, klar zu

denken. Eine Frage nach der anderen tauchte in meinem Kopf auf, weshalb ich vergass zu essen. Dafür hatte ich einige Dinge mehr eingerichtet, ansonsten brachte ich nicht viel zustande. Und auf Jobsuche hatte ich erstaunlicherweise gerade keine Lust.

Damit ich pünktlich zum Date am Abend erscheinen würde, fuhr ich bereits am Nachmittag ins Zentrum. Was ich in der Zwischenzeit machen wollte, wusste ich nicht. Kurz zweifelte ich an meinem Outfit. Ich hatte einen grauen Anzug an. War das zu seriös? Ich wollte nicht wie bei einem Business-Meeting aussehen. Sollte ich eher locker wirken? Ich wollte aber auf keinen Fall den Eindruck eines arbeitslosen, verlorenen Typs erwecken.

Je länger ich rumstand, desto mehr begann ich zu zweifeln. Auf dem Profilfoto von Partner-4-Life hatte ich lediglich ein T-Shirt an und das hatte sie dazu gebracht, mir zu schreiben. Ich lag folglich falsch mit dem Anzug. Das brachte mich dazu, dass ich neue Kleider kaufen ging. Doch welchen Eindruck wollte ich vermitteln? Rockig? Neutral? Sportlich? Na ja, das mit dem sportlich konnte ich aufgrund meines antrainierten Bierbauchs vergessen.

Viele Modegeschäfte später war ich in

dunkelblauen Jeans und einem schwarzen T-Shirt gekleidet. Ich hatte mich für neutral aber modern entschieden. Damit ging ich das kleinste Risiko ein.

Zudem hatte ich mir sogar ein Parfüm gekauft, um den neuen Kleidergeruch zu kaschieren. Und wenn ich das Parfüm ansprühte, würde sie mir bestimmt nicht mehr widerstehen können. Sie würde auf der Stelle über mich herfallen und mich ausziehen. Und nicht nur sie. Alle Menschen im Umkreis von einigen Metern würden sexuell animiert werden. Sie würden wie die wilden Tiere übereinander herfallen. Jung und alt und gross und klein und dick und dünn würden sich paaren. Ah nein, stimmt, das war ja ein anderes Buch. Hoffentlich würde PinkSelina mein Geruch gefallen und mich anziehend finden.

Auf dem Weg zum Treffpunkt passierte ich den öffentlichen Marktplatz. Einige Leute hatten sich in einem Kreis versammelt und murmelten irgendwelche Worte zueinander. Neugierig lief ich dazu. Zwei ältere Männer lieferten sich ein Schachduell. Ich verstand nicht viel von dem Spiel, doch es schien eine spannende Partie zu sein.

Immer wieder wurde getuschelt und hie

und da war ein „Ah" und „Uh" zu hören.
Einige Minuten blieb ich stehen und schaute
gebannt zu. An den Kommentaren der
Zuschauer erkannte ich, dass der Spieler mit
den schwarzen Figuren am Gewinnen war,
trotz dass beide ungefähr die gleiche Anzahl an
Spielfiguren auf dem Feld hatten. Schwarz
hatte nur eine Figur mehr. Ob das den Unterschied ausmachte? Fasziniert blieb ich stehen,
bis ich weiter musste.

Eine Viertelstunde zu früh war ich am
vereinbarten Treffpunkt. Ich hatte sogar Blumen
gekauft. Der erste Eindruck musste stimmen.
Ich wollte ein Gentleman sein.

Eine halbe Stunde später war ich immer
noch alleine am Treffpunkt. Sie hatte bestimmt
nur Verspätung.

Eine Stunde später hatte sich leider nichts
geändert. Keine Spur von PinkSelina.

Eineinhalb Stunden später reichte es mir
dann endgültig. Alles war umsonst gewesen.
Ich fuhr nachhause. Scheissabend. Ich griff nach
der erstbesten Flasche und trank so viel ich
konnte. Und das war viel. Verglichen mit einem
Tier wäre ich jetzt gerade ein Pelikan, der
seinen Unterschnabel füllte, ausgestattet mit

den Höckern eines Kamels. Ein Pelimel[1] sozusagen.

Mein Laptop war noch angestellt und plötzlich ertönte der Ton einer neuen Nachricht. PinkSelina hatte mir geschrieben.

„Hi Mike. Bist du da? Sorry, ich musste länger arbeiten. Was machst du gerade?"

Da wurde mir bewusst, dass ich blind gewesen war. Ich war reingelegt worden. PinkSelina gab es mit grosser Wahrscheinlichkeit überhaupt nicht. Die Nachrichten waren geöffnet auf dem Laptop vor mir. Die gesamten vergangenen Unterhaltungen waren sehr einseitig gewesen. Ich wusste nichts über PinkSelina. Sie war erfunden. Dafür hatte sie mir fortlaufend Fragen gestellt, damit ich weiterschrieb. Wie dumm ich war. Ich war von ihr so verzaubert gewesen, dass ich das Muster nicht erkannt hatte. Geschrieben von einer professionellen Drittperson oder gar einem programmierten Computeralgorythmus war ich auf die fiktive PinkSelina reingefallen.

Wahrscheinlich war die gesamte Website ein Betrug und ich war einer von vielen, der darauf reingefallen war. Damit war jetzt Schluss. Ich sah alles klar vor meinen Augen.

---

[1] Siehe Eintrag auf Seite 239

Ich war wirklich nicht der Hellste gewesen. Sogleich liess ich meinen Account deaktivieren.

Das Pelimel (oder heisst es *der* Pelimel?) brauchte Nachschub. Eine Flasche nach der anderen setzte ich an und immer mehr Flaschen leerten sich. Ich war unersättlich. Mir war alles egal, denn ich ärgerte mich ab meiner eigenen Dummheit.

Ich hatte Point Blank erreicht. Was brachte mir eine neue Wohnung, wenn ich alle meine Probleme mitnahm. Kein Job, keine Freundin, keine Freunde und keine Aussichten auf Besserung. Alles war beim Alten. Gut gemacht Mike. Scheiss Leben.

Alleine ohne Zukunftsperspektiven sass ich in einer dunklen Wohnung und trank die dritte Flasche leer. Mittlerweile wusste ich nicht einmal mehr, was ich trank. Während der Alkohol die Kehle mit Leichtigkeit runter floss, blieben meine Gedanken stehen. Ich wusste, dass ich nicht mehr klar denken konnte. Die Kontrolle über meine Geistestätigkeiten hatte ich längst verloren. Einziger Unterschied war, dass ich mich dieses Mal nicht auf dem Sofa im Wohnzimmer befand. So weit war ich nicht gekommen. Ich lag beim Eingang in der hinteren Ecke an der Wand. Dort waren inzwischen viele der Getränke gelagert. Unterdessen setzte ich schon leere Flaschen an und bemerkt erst beim Ansetzen, dass nichts in meinen Mund floss.

Rechts von mir flitzte etwas Dunkles durch die Küche. War ich etwa nicht alleine? Bildete ich mir das bloss ein, wie beim letzten Mal? Da! Da war es erneut. Irgendetwas war in meiner Küche. Mich schauderte es. Hätte ich mir doch einen Hund gekauft. Der Schatten war vom Flur gekommen und hinter der Küchenablage verschwunden. Diesmal war ich mir sicher. Ich hatte ihn deutlich gesehen. Ich rief zögerlich:

„Hallo?!".

Stille. Nichts rührte sich. Ich rief nochmals. Wieder nichts. Ich sprang auf, rannte torkelnd zum Lichtschalter und drückte ihn.

Die Wohnung war leer. So sehr ich suchte, ich fand nichts. Keine Anzeichen von einem fremden Was-auch-immer-es-war. Mein Arm verriet mir, dass ich immer noch Gänsehaut hatte.

Aus Angst, dieses Ding könnte zurückkommen, liess ich das Licht die ganze Nacht an. Das erschwerte das Schlafen natürlich. Insgesamt schlief ich wohl lediglich drei oder vier

Stunden mit vielen Unterbrechungen. Erst als das Morgenlicht hereinbrach und ich die Lichter ausmachte, fiel ich in einen tiefen, bedeutungslosen Schlaf.

22

Um die Mittagszeit wachte ich auf. Der Schrecken der letzten Nacht sass noch immer tief in mir. Dennoch wusste ich, dass ich nach vorne schauen und mein Leben endlich in den Griff kriegen musste. Ich wusste aber nicht recht, wie ich das bewerkstelligen sollte. Am wichtigsten erschien mir die Jobsuche. Immer noch dasselbe Ziel, nur viele Seiten später. Ich brauchte endlich Strukturen in meinem Leben.

Der Laptop war in wenigen Sekunden hochgestartet und das Internet half mir, so gut es konnte. Ich tippte alle Stellenanzeigen und Jobvermittlungsbüros ein, die ich kannte. Insgesamt waren das fünf Webseiten. Danach googelte ich nach Zufallstreffer. Wieder wurden mir verschiedenste Jobs angezeigt. Die meisten interessierten mich jedoch kein bisschen, von Maurer über Informatiker war alles dabei. Als ob ich eine Ahnung von Mauern oder Softwareentwicklung hätte. Auf einer Webseite wurde mir Radiomoderator angezeigt. Das wiederum fände ich spannend.

„Guten Morgen liebe Schweiz. Bereits zum Frühstück liefert euch Mike die härtesten Elektrobeats, dass der Kaffee nicht schwärzer werden könnte."

Leider wollte der Sender nur Bewerbungen von Leuten, die bereits Erfahrungen in diesem Metier hatten. Das hatte ich nicht. Der Job hätte mir aber bestimmt grossen Spass gemacht.

„Ist euer Mittagessen genau so toll wie eure Schwiegermutter? Dann habe ich genau den richtigen Sound für euch."

Ein Vermittlungsbüro machte mich allerdings neugierig. Bereits auf der Startseite musste ich einen Fragebogen mit meinen Personalien und Interessen ausfüllen. Der Treffer, der mir anschliessend vorgeschlagen wurde, war eine Hauswartsstelle in einer Versicherungsfirma.

Da ich bis vor kurzem ein eigenes Haus gehabt hatte, wusste ich, wie man ein Gebäude instand hielt. Ich konnte mich auch gleich online für ein Bewerbungsgespräch anmelden, was ich auf der Stelle tat. Prompt erhielt ich eine Antwort. Ich konnte nächste Woche

schnuppern gehen. Sie schlugen Dienstag vor,
doch da konnte ich nicht, denn da hatte ich
bereits Mittwoch. Mittwoch jedoch passte uns
beiden perfekt. Das war ein positiver Schritt
vorwärts.

23

Ich wollte mal etwas Neues ausprobieren wie
zum Beispiel ein Hobby. Das sollte mich von
meiner deprimierenden Situation ablenken. Der
Tag war fast um, ich sass mit dem Laptop auf
dem Sofa und dachte nach. Das tat ich schon
den ganzen Tag. Auguste Rodin hatte den
Denker meiner Meinung nach komplett falsch
dargestellt. Wer dachte denn schon sitzend mit
dem Kopf auf dem unnatürlich verkrümmten
Handrücken aufgestützt nach? Viel akkurater
wäre ein Mann mit Bierbauch halb liegend auf
dem Sofa gewesen, aber ich schätze, das wäre
wohl nicht so berühmt geworden.

Also ich dachte nach und noch während
ich dachte, bekam ich Hunger. In einem der
Küchenschränke fand ich eine Packung Cookies, die erst vor einer Woche abgelaufen
waren. Ich kam zum Schluss, dass die Essens-
situation in der Wohnung unbefriedigend

war.

Online bestellte ich Essen für eine ganze Armee, weil ich einen Vorrat haben wollte. Ich versuchte, auf die Haltbarkeit der Esswaren zu achten, endete jedoch dann damit, einfach alles zu nehmen, was mich gerade ansprach. Da ich Hunger hatte, war das fast alles. Mit dabei waren Reis, Teigwaren, Brot und mehr Cookies. Selbst ein Salat landete im Warenkorb. Mit seinen knackig-grünen Blättern konnte ich ihm einfach nicht widerstehen.

Was natürlich nicht fehlen durfte, waren die passenden Getränke. Coca Cola, Tonic, Limonade, alles, was ich zum Mischen für Wodka, Rum und Whiskey benötigte. Und weil mein Vorrat unterdessen auf einige wenige Flaschen geschrumpft war, bestellte ich den Alkohol gleich dazu. Die Getränke kosteten im Endeffekt das Dreifache des Essens. Ich freute mich aber, bald beides zu haben.

Wieder zurück zu meiner Hobbysuche. Ich musste eine Herangehensweise entwickeln. Da ich nicht wusste, was ich wollte, musste ich umgekehrt vorgehen. Ich musste ausschliessen, was ich nicht wollte. Was ich nicht wollte, waren Ballspiele wie Fussball. Mike 2.0 war nicht gemacht für Ballsportarten. Er war aben-

teuerlustig und auf der Suche nach etwas
Neuem.

Ich dachte, so weit ich konnte. Von Klettern über Freerunning zu Ballett war alles
dabei. Lynn hatte früher Ballett gemacht. Der
Gedanke an Ballett löste einen bitteren Nachge-
schmack in mir aus, den ich mit einem Cuba
Libre runterspülte. Ich musste meinen Horizont
erweitern. Bis jetzt dachte ich hauptsächlich an
Sportarten, was auch gut war, denn mein
Äusseres könnte durchaus Sport vertragen. Ich
kam aber auf keinen grünen Zweig.

Künstlerisch war ich ungefähr so begabt
wie ein Fisch beim Klettern (Ich habe nichts
gegen Fische, ich mag Fische. Klettern konnte
ich allerdings nicht ausstehen. Da waren wir
wieder beim Sport.). Alle Hobbys mit Malen
und Basteln konnte ich deshalb schon mal ausschliessen. Das brachte mich im Auswahlver-
fahren weiter.

Unterdessen hatte ich schon viel zu viele
Drinks intus, weshalb meine Gedanken gerade
um Pferdedressurreiten kreisten. Ich mochte
Tiere. Das waren gute Voraussetzungen. Aus
mir nicht vertrauten Gründen glaubte ich allerdings, dass das dennoch nicht so ganz passen
würde.

Ein Geräusch liess mich aufhorchen. Ich war mir nicht sicher, ob es aus der Wohnung kam oder nicht. Ich schaute mich um. Das Geräusch war nicht identifizierbar. Ich wusste nicht, wonach ich Ausschau halten sollte.

In der Wohnung sah ich nichts Aussergewöhnliches. Wachsam lief ich durch alle Zimmer. Alles schien unverändert, weswegen ich mich wieder auf das Sofa platzierte. Gerade als ich mich setzte, höre ich das Geräusch erneut. Diesmal war es viel leiser, jedoch keineswegs weniger deutlich zu hören. Es war einem Knarren ähnlich gewesen. Und irgendwie hatte es etwas Tierisches an sich gehabt. Waren das soeben Schritte gewesen? War es trotzdem menschlich? Die Angst packte mich. Was verursachte bloss diese Geräusche? Es gab bestimmt eine natürliche Erklärung. Ich atmete tief durch und versuchte, mich zu beruhigen.

Etwas dunkles schlich auf dem Balkon vorüber. Ich zuckte zusammen. War es dasselbe wie die letzten Male? Auch dieses Mal hatte es etwas Schattenhaftes. Ich war wohl komplett am Durchdrehen. Ich musste einen kühlen Kopf bewahren und klare Gedanken fassen. Leise sprach ich vor mich hin. Das half. Danach blieb die Nacht ruhig. Mein Empfinden jedoch blieb aufgewühlt.

24

Wie sagt man so schön? Ein neuer Tag, ein
neues Glück. Dieses Glück wollte ich packen.
Noch während des Frühstücks kam mir die
Lösung für das Hobbyproblem in den Sinn. Es
war so offensichtlich gewesen und dennoch
hatte ich es nicht gesehen. Die Lösung war
Schach. Die Leute auf dem Marktplatz schienen
viel Freude und Leidenschaft gehabt zu haben.
Das gefiel mir. Zudem war es ein soziales Spiel
mit wenig Bewegung, was genau das Richtige
für mich war.

Das Internet verriet mir, dass es im Zentrum einen Schachclub gab. Und wie es der
Zufall so wollte, fand gerade heute Nachmittag
ein Kurs für Anfänger statt. Perfekt. Leider
fehlte die Angabe für die Ausrüstung. Ich
wusste nicht, ob ich ein eigenes Schachspiel
mitbringen musste oder ob dort einige vor-
handen waren.

Da ich auf Nummer sichergehen wollte,
fuhr ich ins Zentrum und kaufte mir eines. In
einem Spieleladen in der Altstadt wurde ich
fündig. Sie hatten ein sehr grosses Spielesorti-

ment. Von grossen über kleine, von billigen über teure, von steinernen über hölzerne oder sogar metallene Schachspiele hatten sie alles. Die Auswahl könnte kaum vielfältiger sein.

Ich konnte mich nicht entscheiden. Nahm ich das teure Marmorspiel? Sollte ich ein Kleines, Handliches nehmen? Die Billigen erschienen mir zu schäbig. Das Teure hingegen wirkte protzig. Deshalb nahm ich ein Schachspiel der mittleren Preisklasse aus Holz, dessen Figuren grün und weiss geschnitzt waren.

Der Club bestand aus einem einzigen Raum mit vielen Tischen. An der hinteren Wand hatte es einen kleinen Kühlschrank mit Getränken und einer Kasse. Die Getränke konnte man selbst nehmen und ebenfalls gleich selbst bezahlen. Das System basierte auf Vertrauen.

Mein Coach hiess Phil. Eigentlich war sein Name Philipp, doch er nannte sich Phil. Somit erübrigten sich alle Fragen, ob man seinen Namen mit einem oder zwei p's am Ende schrieb. Dasselbe könnten sich eigentlich auch die Yannicks überlegen. Oder sollte ich sagen die Yaniks. Oder die Yanicks. Und die Verwirrung fing da gerade erst an. Man bedenke, dass sich einige Yannicks auch mit J schreiben und wahrscheinlich war es nur eine Frage der Zeit, bis sich die Yannicks sogar mir „I" formulierten. Ich war jedenfalls froh, war Phil kein Yannick, sondern ein Phil.

Bevor wir zu spielen begannen, erklärte Phil mir die Figuren mit ihren Namen und Eigenschaften. Das Spiel wirkte sympathisch. Auf dem Spielfeld gab es jedenfalls keine Yanniks. Stellt euch vor, ihr kündet an, dass ihr mit dem Yannick auf das Feld F3 geht und der Gegner fragt:

„Meinst du Jannick? Oder Yannick? Oder Iannick?"

Jedenfalls beherrschte ich nach einer Stunden alle Namen und die wichtigsten Spielregeln, mehr oder weniger (wohl eher weniger), und wir begannen mir einer ersten Partie. Ich war ganz schön aufgeregt. Mann gegen Mann. Ein echtes Match. Selbstverständlich hatte ich keine Chance gegen Coach Phil.

45 Minuten und vier Niederlagen später war ich total erschöpft. Ich wusste nicht, dass das Spiel dermassen ermüdend war. Man musste sich die ganze Zeit Dinge merken, wie beispielsweise, welche Figuren wohin ziehen konnten. Das war echt anstrengend und lästig. Ausserdem verlor ich nicht gerne. Schach war

wohl doch nicht das Richtige für mich. Ich bedankte mich bei Coach Philip, wobei ich das letzte „p" besonders betonte, und verliess das Lokal. Die Hobbysuche war nach wie vor offen.

25

Meine Essenslieferung war eingetroffen und beim Einräumen der Lebensmittel in der Küche dachte ich über einige meiner Ziele nach. Die Hobbyfrage war zwar nicht geklärt, doch sie war fürs Erste für mich erledigt. Vorübergehend wichtiger erschien mir die Partnersuche.

Direkt Frauen anzusprechen war sehr umständlich und wie meine Erfahrungen gezeigt hatten, stimmten die Charaktereigenschaften oftmals nicht. Das Online-Dating wiederum war zu anonym und es gab viele Betrüger im Netz. Ich suchte einen Mittelweg. Die Lösung war Speeddating. Das hörte sich aufregend an. Im Internet meldete ich mich für einen Speeddating-Abend an.

Gemütlich schaute ich „Stranger Things 2" weiter. Ich erinnerte mich kaum daran, was bisher geschah, denn die Handlung war nebensächlich. Ich genoss einen gemütlichen Abend mit einem Glas Wein, das dann später mit der Flasche und schliesslich durch Whiskey ausgetauscht wurde.

Viele Folgen der Serie blieben nicht mehr übrig. Ich näherte mich dem Finale des TV-Ereignisses. Gerade als Eleven zu Mike, nicht ich, sondern eine der Hauptpersonen, in der Dunkelheit hinrennen wollte und er sich in Luft auflöste, sah ich ihn. Der beängstigende Schatten glitt an der Wand entlang seitlich von mir vorüber. Kurz darauf hörte ich wieder dieses fürchterliche Knarren in der Küche. Fluchtartig verliess ich mit der Whiskeyflasche in der Hand die Wohnung. Das alles wurde mir langsam aber sicher zu viel.

Bin ich in eine Spukwohnung gezogen? War die Wohnung verflucht? Waren früher Leute in der Wohnung umgekommen, die jetzt herumgeisterten? Ich glaubte nicht an Spukgeschichten und Horrormärchen, dennoch fand ich die Situation äusserst sonderbar und angsterregend. Ich zweifelte an meinen Sinnen.

In der nächstgelegenen Bar googelte ich mit meinem Handy, ob die Wohnung oder das Haus eine Vorgeschichte hatten. Ich suchte nach Geistern, Kriminalfällen und dunklen Ritualen. Die Suche blieb ergebnislos.

Ein Taxi brachte mich anschliessend zu einem Hotel. Ich wollte nicht mehr zurück in die Wohnung. In dem Hotel blieb ich über Nacht. Das schien mir das Klügste. Dadurch wurde die Nacht immerhin halbwegs erholsam.

26

Heute war der Schnuppertag bei der Versicherungsfirma und der Hauswartsposten war wie gemacht für mich. Das ganze Gebäude war sehr modern. Die Führung durch das Haus nahm den gesamten Vormittag ein. Zugleich lernte ich das Team mit allen Abteilungen kennen.

Zwischen 40 und 50 Angestellte arbeiteten auf den drei Stockwerken. Die Mehrheit des Teams schien zwischen 25 und 40 Jahre zu sein. Da schien ich perfekt hinzupassen. Um zehn Uhr assen wir gemeinsam einen kleinen Imbiss. Die meisten der Angestellten machten trotz ihrer spiessigen Businesskleidung einen lockeren, dynamischen Eindruck. Viele trugen einen Veston, einen kompletten Anzug hatten aber nur einige wenige an.

Wenn ich die Stelle annahm, würde ich sogar mein eigenes kleines Büro im obersten Stockwerk bekommen, was mich dazu brachte, noch am selben Tag den Vertrag zu unterzeichnen. Überdies bekam ich gleich sämtliche Schlüssel in die Hände gedrückt. Der Tag war erfolgreich. Glücklich fuhr ich nach Hause.

Zum Abendessen kochte ich einige Teigwaren und kippte etwas Ketchup darüber. Danach war ich wie üblich auf dem Sofa und wartete gespannt, was passierte. Ich hoffte, dass „Stranger Things" das einzig Seltsame heute Nacht sein würde.

Meine Hoffnungen erfüllten sich. Es geschah nichts Ungewöhnliches. Dafür sorgte ich dadurch, dass ich verhältnismässig früh zu Bett ging. Mein Schlaf wurde glücklicherweise nicht gestört und ich hatte keine leidvollen Träume, was für mich ein gutes Zeichen war.

27

Der Bus brachte mich auch an meinem ersten offiziellen Arbeitstag zur Firma. Im Unterschied zu gestern waren jedoch deutlich weniger Fahrgäste im Bus. Die Fahrt verlief erwartungsgemäss langweilig, was ich ganz angenehm fand. Keine unerwarteten Ereignisse, kein Spuk oder sonst etwas. Stellt euch vor, das Schattenmonster würde im Bus auftauchen und alle

Fahrgäste in Panik versetzen. Das wäre umständlich gewesen. Und ich wäre an meinen ersten Arbeitstag zu spät gekommen. Der Bus fuhr fahrplangemäss und hielt pünktlich an der Haltestelle, wo ich aussteigen musste. Perfekt.

Der Tag verlief gut, wenn auch nicht optimal. Die meiste Zeit war ich mit alltäglichen Arbeiten, wie Toiletten reinigen oder Kaffeekapseln auffüllen, beschäftigt. Ich verstand nicht, wie man so viel Kaffee trinken konnte.

Um zehn Uhr freute ich mich auf die Pause und das nähere Kennenlernen des Teams. Zum Zeitpunkt, als ich in den Pausenraum kam, waren bereits einige Mitarbeiter dort. Ausnahmslos erweckten alle den Eindruck, sehr ernste Unterhaltungen zu führen und schienen an mir nicht wirklich interessiert zu sein. Im Gegenteil, mit meinem Veston zog ich einige abwertende Blicke auf mich. Durfte ein Hauswart etwa keinen Veston tragen? Dabei wollte ich meine Kleidung lediglich dem Stil der Mitarbeitenden anpassen.

Von der lockeren und freundlichen Atmosphäre vom Schnuppertag war nichts mehr zu spüren. Ich schnappte mir einen Buttergipfel und eine Tasse Tee und lief zurück in mein Büro. Immerhin hatte ich mein eigenes Büro.

Dahin konnte ich mich zurückziehen.

Da der Tag eher langweilig war, fuhr ich frühzeitig mit dem Bus nach Hause, um zu duschen und mich umzuziehen. Heute war Speeddatingabend. Das würde bestimmt lustig werden und den Tag aufheitern.

Das Speeddating fand in einem Restaurant statt, das eher spärlich eingerichtet war. Es war eines dieser Restaurants, die sich Mühe gaben, alternativ und hip zu wirken, im Endeffekt aber dennoch nicht mehr (oder weniger) als ein Restaurant waren. Der Raum füllte sich mit Männern und Frauen. Ich war überrascht, dass so viele Menschen Speeddating machten. Die Tische waren in einer Reihe aufgestellt. Der Barkeeper erklärte die Regeln.

Die Frauen mussten auf der einen Seite und die Männer auf der anderen Seite der Tische Platz nehmen. Die Frauen blieben jeweils sitzen. Die Männer wanderten alle 5 Minuten einen Tisch weiter. Wenn beide Parteien ein Interesse an der anderen Person hatten, konnte man nach den ersten 5 Minuten eine Karte hochhalten, dann durften sie weitere 5 Minuten miteinander sprechen. Die Verlängerung durfte allerdings nur einmal pro Tisch gemacht werden und fand nur statt, wenn beide die

Karte hochhielten. Dann ging es los.

„Hi, ich bin Mike, wie heisst du?"

„Ich bin Larissa. Was für Musik hörst du so?"

„Ich höre gerne elektronische Musik oder ab und zu auch Hiphop. Du?"

„Ich höre eigentlich nur Death Metal. Death Metal ist genau mein Ding.", erwiderte sie in ihren schwarzen Kleidern. Dazu machte sie mit ihrer Hand eine Faust mit den ausgestreckten Zeige- und kleinen Fingern. Danach war es vier Minuten still, bis der Wechsel kam.

„Ich bin die Agatha und du?"

„Ich bin Mike. Hallo Agatha."

Diesmal wollte ich mit der ersten Frage einer peinlichen Situation zuvorkommen.

„Was machst du so in deiner Freizeit?"

„Ich stricke gerne. Siehst du diesen Schal?"

Sie zog ihren grauen, überdimensional grossen Wollschal aus, der auch so nicht zu übersehen gewesen war. Er hatte etwas von einem toten Tier.

„Den habe ich selbst gemacht. Ist er nicht

schön?"

„Nein."

Danach folgte trotzdem wieder die Stille.
Sie konnte wohl nicht wirklich mit Kritik
umgehen.

„Hallo, wie heisst du?"

„Ich heisse Marina, du?"

Sie sah aus, wie eines dieser langgezo-
genen, eleganten Models, bloss, dass sie klein
und pummelig war.

„Ich bin Mike."

„Freut mich Mike. Was hast du so für
Hobbys?"

Dumme Gans. Damit traf sie einen
wunden Punkt. Ich stand auf und lief vom
Tisch. Wer brauchte schon Hobbys. Ein Bier
musste her.

„Hallo, ich bin Mike. Wie ist dein Name?"

„Mein voller Name ist Avanchaniya Har-
kirat Prasad, aber alle nennen mich meistens
nur Ava, doch das mag ich nicht."

Ein kurzer Moment der Stille gefolgt von
einem verlegenen Lächeln entstand. Mehr

Stille folgte.

„Bist du Schweizerin?"

„Bist du Rassist?"

Und wieder lief ich zur Bar. Diesmal brauchte ich allerdings einen Whiskey.

Ich setzte mich.

„Hallo, du darfst mich Emily nennen.", begann mein Gegenüber mit einem Augenzwinkern die Unterhaltung.

„Freut mich Emily. Dann bin ich für dich Magic Mike."

Wieso ich das sagte, wusste ich nicht. Das war mir einfach so rausgerutscht. Ihr charmantes Lächeln verschwand.

„Bist du ein Perversling? Denkst du hier geht es nur darum, Frauen ins Bett zu kriegen?"

Whiskey-Time.

„Hallo, ich bin Mike. Wie heisst du?"

„Ich bin Hanna, freut mich."

Wortlos stand ich auf und lief zur Bar. Ich bestellte mir einen Doppelten. Fehlte nur noch eine Lynn.

„Guten Abend. Ich bin Mike. Mit wem habe ich das Vergnügen?"

Ich versuchte es flirtend.

„Ob es ein Vergnügen wird, wird sich noch herausstellen. Ich bin Olga.", antwortete mein Gegenüber scharf.

„Und was machst du beruflich so, Olga?"

„Ich bin Türsteherin."

Das sagte sie, ohne mit der Wimper zu zucken, während sie mich mit ihrem Blick fixierte.

„Toll, ich bin Hauswart, habe keine Hobbys und verbringe meine freie Zeit meistens alleine zuhause."

Diesmal stand nicht ich, sondern sie auf und ging zur Bar.

Der Abend nahm aussichtslose Züge an. Vielleicht war Speeddating doch nicht das Richtige für mich. Ein Taxi brachte mich nach der Tortur zu meiner Wohnung. Ich war froh, zuhause zu sein. Das Speeddating war eine enttäuschende Erfahrung gewesen.

28

Die Arbeitssituation besserte auch am zweiten Tag nicht. Selbst ohne Veston wurde ich im Pausenraum nicht beachtet. Die Kleidung war folglich nicht das Problem. Ich musste demnach selbst aktiv werden.

Spontan gesellte ich mich zu einer Dreiergruppe und stellte mich vor. Ein knappes „Hallo" kam zurück, bevor sie sich abwendeten und wieder ihrem Gesprächsthema widmeten. Das war also nicht die Lösung und war nicht gerade motivierend. Ich musste einen anderen Weg finden.

Den Rest vom Tag füllte ich wieder Kaffeekapseln nach, putzte Toiletten oder wechselte Handtücher aus. Dasselbe wie gestern. Das Einzige, was sich änderte, war mein Büro. Aus meiner Wohnung nahm ich einen Stiftebehälter, eine Schreibunterlage, Schreibzeug und einen Kalender mit. Der Kalender war ein Werbegeschenk einer wohltätigen Organisation gewesen. Darauf waren Tiere abgebildet. Mit einem Nagel hing ich den Kalender gut sichtbar an die Wand. Darauf zu sehen war das Bild eines Kolibris, selbst wenn der Monat längst vorbei war.

Eine Schüssel Reis genügte mir zum Abendessen. Damit hatte ich keinen allzugrossen Kochaufwand und Reis schmeckte immer. Vor dem Fernseher ass ich meinen Reis, trank ein Glas Wein und schaute die letzte Folge der zweiten Staffel „Stranger Things". Immerhin nahm der Tag einen gemütlichen Abschluss.

Die Flasche Wein landete bald darauf auf dem Tisch neben der leeren Reisschüssel. Die Folge war wirklich spannend. Könnte ich sie doch bloss mit jemandem zusammen schauen.

Die Helden besiegten die Monster und mein Namensvetter bekam seine liebe Eleven nach einem epischen Schlusskampf unversehrt zurück. Naja, genau genommen war sie nicht ganz unversehrt aus dem Kampf gekommen, aber zumindest ohne psychische oder irreversible, physische Schäden. Das musste als Happy End genügen.

Das Ende war in vollem Gange. Die Hauptpersonen bereiteten sich für den Abschlussball vor, als er wieder auftauchte. Der Schatten. Aus den Augenwinkeln sah ich ihn durch den Flur kriechen. Wie eine Raubkatze tigerte er in der Wohnung umher und wartete auf seine Beute. Ich wusste, dass er mich im Blick hatte. Das stimmte mich hilflos. Ich wusste nicht, was ich machen sollte. Dann verschwand er lautlos in einer Ecke.

Ein Geräusch aus einem anderen Zimmer liess mich aufschrecken. Dort hatte ich ihn definitiv nicht erwartet. Er musste sehr flink sein, was mich einschüchterte. Andererseits war das meine Wohnung. Sie gehörte mir. Er war unerwünscht und hatte nichts hier drin verloren. Ich schrie ihn an.

„Verschwinde! Wer oder was auch immer du bist, du hast hier nichts verloren! Verschwinde! Das ist meine Wohnung!"

Daraufhin war alles ruhig. Zu ruhig. Das gefiel mir nicht. Die Stille war trügerisch. War das Wesen weg? War die Gefahr vorbei? Ich wusste es nicht. Die restliche Nacht konnte ich kein Auge zu tun.

29

Erschöpft tauchte ich bei der Arbeit auf. Immerhin hatte ich einen Plan, um den Anschluss zu meinen Firmenkollegen zu finden. Ich las die Zeitung. Ich las aber nicht wahllos irgendwelche Artikel, sondern ich arbeitete mich systematisch durch den Wirtschaftsteil. Interessieren tat es mich nicht im Geringsten.

Bereit für die Zehn-Uhr-Pause wartete ich lesend im Pausenraum. Die Leute strömten wie üblich in den Raum, um sich einen kleinen Imbiss oder einen Kaffee zu gönnen. Die erste Zweiergruppe war mit Kaffee und Brötchen ausgerüstet und ich konnte mit meinem Plan loslegen. Ich stand zu Ihnen und sagte selbstbewusst:

„Habt ihr mitgekriegt, der Nasdaq ist abgestürzt?"

„Ehm, ja."

Die Antwort hätte nicht abwertender ausfallen können. Das war ein klarer Fehlversuch gewesen. Die Börsenereignisse waren wohl langweilig für sie. Sie mussten sich ja damit auseinandersetzen und Veränderungen kennen. Auf diese Weise konnte ich nicht punkten. Strategie Nummer zwei war an der Reihe. Vielleicht würde ich mit globalen Ereignissen mehr Erfolg haben. Nächste Gruppe.

„Hallo zusammen. Die Überschwemmungen in China sind ziemlich verheerend, was?"

Darauf erhielt ich nicht einmal eine Antwort. Die drei Männer schauten mich kurz an und drehten mir anschliessend wortlos den Rücken zu. Das war noch erniedrigender als bei der vorderen Gruppe. Ich musste wohl akzeptieren, dass ich nicht zu ihnen gehörte. Ich war eben nur der Hauswart.

Und als hätte das nicht gereicht, wurde es noch schlimmer. Weil ich den ganzen Morgen Zeitung gelesen hatte, hatte ich vergessen, die Kaffeekapseln nachzufüllen. Die waren unterdessen ausgegangen und drei Mitarbeiter standen vor der kapsellosen Maschine und schauten aufgebracht um sich. Die Blicke blieben an mir haften. Lautlos flüchtete ich in mein Büro. Die Situation war mir sehr peinlich. Und das in meiner ersten Arbeitswoche. Immerhin musste es ab jetzt ja besser werden. Denn noch schlimmer konnte es fast nicht werden.

Der Tag konnte sehr wohl noch schlimmer werden. Ich war alleine und betrunken mit einer Flasche Rum im Arm, als das Schattenwesen wieder in der Wohnung auftauchte. Die Geräusche verrieten es, bevor ich es sah. Ich schrie es an, es solle verschwinden und nie mehr wieder kommen. Ich schrie aus voller Kehle, aber es blieb. Ich wusste, dass es noch da war, selbst wenn ich es nicht sehen konnte. Es war sich seiner Überlegenheit sicher. Es genoss die Macht und mochte es, meine Angst zu spüren. Ich hingegen war kurz davor, den Verstand zu verlieren.

Meine Sinne spielten verrückt. Ich wusste nicht mehr, was Wirklichkeit war und was nicht. Ich schrie wieder. Irgendetwas. Ich wusste nicht mehr was. Meine Augen füllten sich mit Wasser. Eine erste Träne kullerte meine rechte Wange runter. Mit verschwommenem Blick schaute ich zum Fenster hinaus ins Freie.

In der Ecke des Fensters hatte eine Spinne ihr Netz zur Jagd aufgestellt. Nebst Monster hatte ich nun auch noch Ungeziefer in meiner Wohnung. Toll. Ich machte einige schwache Schritte auf die Spinne zu und griff danach. Kurz zögerte ich, denn mir kam der Gedanke, dass sie mich beissen könnte, doch das waren bestimmt nur dumme Geschichten, weshalb ich meinen Arm weiter ausstreckte. Meine Hand fasste ins Leere. Statt eines Spinnentieres erwischte ich Luft. Und dennoch sah ich das Tier klar vor mir. Einige Male mehr streckte ich meinen Arm aus, aber das Ergebnis war immer dasselbe, bis ich bemerkte, dass sich die Spinne an der Aussenseite der Fensterscheibe befand. Offensichtlich erkannte ich nicht einmal mehr, was echt war.

Ich gab auf. Alles machte keinen Sinn mehr. Mein Leben machte keinen Sinn mehr.

Womöglich war das der Preis, den ich dafür bezahlte, dass ich einen Menschen getötet hatte. Genau. Die Drogen hatten mich vor einem Jahr halluzinieren lassen und durch meinen Realitätsverlust hatte ich ein Messer genommen und einen Mann erstochen. Da ich unter starkem Drogeneinfluss gehandelt hatte und deshalb nicht zurechnungsfähig gewesen war, wurde ich lediglich sehr milde verurteilt. Meine eigenen Schuldgefühle wurden dadurch jedoch kein bisschen besänftigt. Es verging kaum ein Tag, an dem mich die Erinnerungen nicht erdrückten.

Lautlos sank ich zu Boden. Dort kauerte ich verzweifelt, bis der Tag hereinbrach und die ersten Sonnenstrahlen durch das Fenster schlichen. Danach legte ich mich lautlos ins Bett. Ich schloss meine wässrigen Augen und schlief ein.

30

Ich schlief den ganzen Tag, denn es war Wochenende und in der Nacht musste ich wach sein. Die Nacht wollte ich nicht in meinem Appartement verbringen, weswegen ich mich in einer Bar betrank, bis ich rausgeschmissen wurde. Danach irrte ich ziellos umher, auf der

Suche nach einem Ort, wo ich hinkonnte, egal ob es eine weitere Bar oder ein Club oder sonst wo war. In der einen oder anderen Bar bekam ich noch einen Drink, bis sie schlossen. Eine Bar verkaufte mir glücklicherweise eine Flasche Wodka, mit der ich die kühle Nacht draussen durchhielt.

Als die ersten Anzeichen da waren, dass die Nacht sich dem Ende neigte und der Himmel sich aufzuhellen begann, ging ich nach Hause. Jegliches Zeitgefühl oder Orientierung hatte ich verloren. Weit weg von der Realität fiel ich ins Bett und schlief auf der Stelle ein.

Als ich aufwachte, war es bereits am Eindunkeln. Eine Panik ergriff mich und ich wiederum schnappte mir auf dem Weg zur Ausgangstür meine Jacke und eine Flasche Whiskey. Es war ein abscheuliches Gefühl, in der eigenen Wohnung nicht erwünscht zu sein, aus dem eigenen Heim, das für Schutz und Geborgenheit sorgen sollte, zu flüchten.

Vor der Haustür wollte ich den Aston Martin nehmen. Da ich jedoch die Jacke über einem Arm und die Flasche Wein in der anderen Hand hatte, konnte ich die Wagentür nicht öffnen, was vermutlich auch ganz gut so war. Ich hatte beschlossen, in das Hotel zu gehen

118

und rief ein Taxi. Dort hatte ich ein spukfreies Zimmer und keinen Stress. Morgen musste ich schliesslich arbeitsfähig sein.

31

Zwar frisch geduscht jedoch in denselben, muffigen Kleidern wie am Vortag fuhr ich mit dem öffentlichen Verkehr zur Arbeit. Weil ich vom Hotel aus losging, war der Bus ein anderer als derjenige, den ich von zu Hause aus nahm. Er war deswegen aber nicht weniger voll.

In der Firma angekommen, holte ich mir erstmals einen Tee und nahm ihn mit ins Büro. Ich hatte keine Lust, Leute zu sehen, weswegen ich mich zurückzog, doch wie es kommen musste, kriegte ich sogleich Besuch. Ein Mann, dem ich im Pausenraum schon begegnet war, kam zu mir. Er hiess Erik.

Erik suchte mich auf, weil in der Toilette im dritten Stock ein Wasserhahn tropfte. Das war das erste Mal, dass etwas Ausserplanmässiges passierte und ich gebraucht wurde. Ich kam mir vor wie ein Superheld. Ich schnappte mir meinen Werkzeugkoffer und fuhr mit Erik im Lift in den 1. Stock.

Oben angekommen, liefen wir direkt

zum Tatort, die genannte Toilette. Erik zeigte auf den Wasserhahn. Mit wenigen gekonnten Handbewegungen stoppte ich das störende Tropfen. Erik war zufrieden. Er bedankte sich und ging zurück an seinen Arbeitsplatz. Ich blieb noch einen Augenblick in der Toilette und genoss den Moment.

Die Dankesworte durchströmten mich wärmend. Eine wohlige Zufriedenheit breitete sich im ganzen Körper aus. Es tat gut, gebraucht zu werden. Es war der beste Tag, den ich seit langem hatte. Weiterhin verrichtete ich die Arbeiten, die ich jeden Tag zu erledigen hatte, bloss diesmal fröhlich. Es störte mich nicht einmal, dass mich niemand im Pausenraum beachtete. Ich holte mir lediglich einen neuen Tee und ging lächelnd zurück in mein Büro. Meine Erkenntnis des Tages: Sie brauchten mich mehr, als ich sie.

Am Mittag lief ich ins Zentrum. Ich war ja nur einige Gehminuten davon entfernt. Ursprünglich wollte ich etwas Kleines essen, doch auf dem Weg dorthin änderte sich mein Plan. Zur Feier des Tages beschloss ich, mir etwas Gutes zu tun und mein Büro lebenslustiger zu gestalten. In einer Zoohandlung kaufte ich mir einen Goldfisch. Er würde meinen Alltag bestimmt abwechslungsreicher und spannender machen. Dabei ahnte ich noch nicht, wie recht ich hatte. Mit ihm lief ich zurück ins Büro.

Genau genommen lief ich zweimal zurück ins Büro. Zuerst musste ich das Aquarium hintragen, dann den Fisch. Die Verkäuferin versicherte mir, dass ich ein Aquarium benötigte und ich den Fisch nicht in einer Schüssel halten konnte.

Sorgfältig richtete ich das Aquarium nach der Anleitung der Verkäuferin ein. Als es aufgebaut war, nahm ich den Goldfischbeutel und betrachtete das Tier. Der Fisch brauchte einen Namen. Er sollte nicht irgendein Namenloser bleiben, der den ganzen Tag seine Runden im Aquarium schwimmt. Ich taufte ihn Frank, was althochdeutsch für der Freie steht, und kippte ihn in das Aquarium. Ab sofort hatte ich einen Bürokumpel. Frank war ein witziges, aufgestelltes Kerlchen. Zum Abschluss des erfreulichen Arbeitstages verabschiedeten wir uns mit einem flossigen High Five.

Als ich das Firmengebäude verliess, war der Himmel lediglich mit einigen wenigen Wolken durchzogen. Die Sonne schien noch, wenn auch relativ schwach. Ich stieg in den Bus ein. Eine Frau gegenüber von mir schien mir zuzulächeln. Ihre dunkelbraunen Haare hatte sie mit ihrer Sonnenbrille auf dem Kopf befestigt. Die schlanke Figur und das lange Haar machten sie attraktiv. Ich erwiderte das Lächeln. Sie drehte daraufhin den Kopf weg und schaute aus dem Fenster. Ich tat es ihr gleich.

Durch die erfreulichen Tagesereignisse vergass ich den Spuk in der Wohnung komplett. Mit einem Hungergefühl kam ich nach Hause und begann unverzüglich zu kochen. Von meiner grossen Essenslieferung zeigten einige Gemüsesorten bereits Altersspuren. Ich wusch, schnitt und würzte das Gemüse und beförderte es in einer Porzellanform in den Backofen. Zusätzlich briet ich mir ein saftiges Rindssteak.

Das Essen schmeckte hervorragend. Dazu schaute ich fern und als es spät genug war, ging ich ins Bett. Ohne einen Gedanken an das Schattenmonster zu verlieren, schlief ich friedlich ein.

32

Üblicherweise ass ich kein Frühstück, doch heute fühlte ich mich danach. Ich fühlte mich fröhlich und leicht. Ich fühlte mich nach einer kleinen Welteroberung. Am besten fing ich gerade mit meinem Büro an.

Ich bereitete mir einige Frischbackbrötchen zu, die ich anschliessend mit viel zu viel Nutella genoss. Dazu trank ich einen Grüntee. Ich sollte mehr Esswaren online bestellen. Es machte Spass, Vorräte zu haben.

Die gesamte Busfahrt zur Arbeit dachte ich an nichts anderes, als an das, was heute wohl geschehen könnte. Zumindest hoffte ich, dass etwas geschehen würde. Vielleicht ein weiterer tropfender Wasserhahn? Vielleicht ein verstopftes Klo? Vielleicht ein Dachschaden? Vielleicht ein durch Genmanipulation veränderter Pitbull mit Laseraugen, der die hilflosen Mitarbeiter angreift, welche von mir gerettet werden müssen. Was es auch sein würde, Super-Mike würde zur Stelle sein. Ich war bereit.

Im Büro wartete Frank bereits fröhlich gelaunt auf mich. Er hatte ebenfalls gut geschlafen. Ich gab ihm einige Frühstücksflocken und Streicheleinheiten, bevor ich mich an die Arbeit machte.

Bis kurz vor dem Mittag erledigte ich viele meiner Arbeiten. Die Pause verlief leider

wie bisher, für mich mit Schweigen, Bedrückt-
heit und beengenden Gefühlen, für die Mitarbeiter mit Kaffee im Überfluss. Dann, kurz
vor Mittag, rief mich mein Chef in sein Büro.
Ich klopfte und trat ein. Er war unzufrieden mit
meiner Arbeit. Er tadelte mich für die vergesse-
nen Kaffeekapseln und zudem hatte ich gestern
offenbar ebenfalls vergessen, Toilettenpapier
nachzufüllen. Das endete dann für ihn peinlich,
als er ohne Papier auf der Toilette gesessen
hatte. Mit runtergelassener Hose war er dann in
die nächste Kabine gehüpft, wo ihn ein Mitarbeiter, der gerade ins WC gekommen war,
gesehen hatte. Das war auch nicht schwer
gewesen. Ein stämmiger, leicht pummeliger
Mann, der mit den Hosen bei den Knöcheln
unten wie ein Känguru durch den Raum
hüpfte, war nicht übersehbar gewesen.

Das Schreien meines Bosses holte mich
aus meinem Kopfkino wieder in die Realität
zurück. In dem klobigen Bürostuhl wurde ich
immer kleiner und als ich aus dem Büro entlassen wurde, war ich noch gefühlte 50 cm
gross. Wie ein Hobbit unter Menschen lief ich
zurück an meinen Arbeitsplatz.

Ich ass kein Mittagessen. Mein Hunger
hatte mich gemeinsam mit meiner mensch-

lichen Grösse verlassen. Den Rest des Arbeitstages passierte nichts, was daran liegen könnte, dass ich auch nichts tat. Mir war alle Lust am Arbeiten vergangen. Ich sass lediglich im Büro, starrte Frank an und wartete sehnsüchtig, bis ich nach Hause gehen konnte.

Im Bus auf dem Nachhauseweg war dieselbe blond-braune Frau wie gestern. Diesmal lächelte sie mich aber nicht an. Sie ignorierte mich. Was hatte ich ihr bloss angetan, dass sie mich ignorierte? Hasste sie mich? Hatte ich mich seit letzter Woche so stark verändert? Die Fahrt dauerte eine Ewigkeit.

Zu Hause griff ich erstmals nach einem Bier. Appetit hatte ich nach wie vor keinen. Nach dem Ersten folgten sogleich das Zweite und das Dritte. Das Vierte hingegen übersprang ich und trank gleich das Fünfte. Ich hatte gerade den Drang nach Bier.

Ich war auf dem Sofa und schaute fern. Ich stand nur auf, um Nachschub zu holen. Was im Fernseher lief, konnte ich nicht mehr mit Sicherheit sagen. Er war bloss aus Gewohnheit angestellt.

Unerwartet hörte ich wieder das Knarren in der Küche. Ich zuckte zusammen und sprang vom Sofa. Verzweifelt und angsterfüllt suchte

125

ich vergeblich nach dem Monster. Stattdessen knarrte es abermals in der Küche. Und noch einmal mehr, aber diesmal hinter mir. Wie beim letzten Mal schrie ich. Ich schrie, so fest ich konnte. Ich wollte dieses Ding nicht bei mir haben. Ich wollte, dass es verschwindet. Und dann sah ich ihn. Der Schatten rannte durch den Flur zu einem der Zimmer. Danach folgte erneut ein Knarren, das einem Lachen erschreckend ähnlich war.

Ich schrie aus voller Brust, doch das Monster schien unbeeindruckt. Es flog hinter den Esstisch und versteckte sich. Ich konnte sehen, wie sich die Stühle leicht bewegten. Diesmal ergriff mich die nackte Panik. Ich sah keine andere Lösung, als erneut zu flüchten. Ich stürmte aus der Wohnung.

Gerade noch konnte ich die Schuhe und eine angefangene Flasche Whiskey ergreifen. Den Rest der Nacht lief ich verloren umher. Trotz der kühlen Nachtluft hielt mich der Whiskey warm. Erst als mich meine Beine nicht mehr trugen, überlegte ich, wohin ich gehen konnte.

Um diese Zeit noch in ein Hotel zu gehen, schien mir unsinnig, weshalb ich direkt zu meinem Arbeitsort lief. Frank war unbekümmert am Schlafen. Ich kauerte mich an den Boden an das Gestell, wo sich Franks Aquarium befand, und trank die Flasche leer. Danach musste ich eingenickt sein.

Als ich auf die Uhr blickte, sah ich, dass es bereits kurz vor zehn war. Ich hatte noch keine Arbeiten erledigt, aber das war mir egal. Ich verstand nicht, wie mir all das Unglück widerfahren konnte. Was hatte ich getan, um das alles verdient zu haben? Und zugleich wusste ich eigentlich, was ich getan hatte. Alles von diesem Horror hatte ich verdient.

Ich rappelte mich auf und schritt zielstrebig in Richtung Pausenraum los. Der Alkohol war noch deutlich spürbar in mir. Ich torkelte. Niemanden kümmere es. Ich schnappte mir zwei Buttergipfel und schwankte zurück ins Büro. Dort blieb ich alleine, bis ich nüchtern genug war, um gehen zu können. Ich wollte nicht mehr im Büro sein. Ich wollte die letzten Sonnenstunden in der Wohnung geniessen, bis der Horror erneut losging.

Ich sass mit einem Cola-Rum, nicht der Erste, auf dem Sofa und erwartete das Schattenmonster bereits. Auf der einen Seite war ich vorbereitet, auf der anderen Seite konnte man auf diesen Schrecken nicht wirklich vorbereitet sein. Ich wusste ja nicht einmal, was das für ein Wesen war, geschweige denn, was es von mir wollte. Sobald ich bemerkte, dass es sich in der Wohnung befand, packte mich wieder die Panik.

Das Monster wanderte von Zimmer zu Zimmer. Ich war mir nicht sicher, ob es etwas suchte oder einfach mit mir spielte. Da und dort hörte ich dieses markerschütternde Knarren. Oder war es eben doch ein Knurren? Neben mir hatte ich ein Messer aus der Küche bereitgelegt. Danach griff ich jetzt. Der gewünschte Effekt blieb jedoch leider aus. Ich fühlte mich keineswegs sicherer.

Der Schatten eilte im Flur umher. Er bewegte sich schneller als noch vor wenigen Minuten. Oder waren es Sekunden? Jetzt kam er in das Wohnzimmer zu mir und versteckte sich hinter dem Schrank, blieb kurz und verschwand gleich wieder zurück in den Flur.

Ich hatte das Gefühl, als würde es mich einkreisen. Die Angst in mir wuchs. Es schlich weiter umher. Machte es sich einen Spass daraus, mich zu jagen?

Mein Atem wurde schneller und das Monster ebenso. Der Schatten fegte von einer

Ecke in die nächste, von einem Versteck zum nächsten Schlupfwinkel. Ich hielt die Anspannung und den Horror nicht mehr länger aus. Ich hatte keine Chance gegen das Was-auch-immer-es-war. Das Messer glitt mir aus den verkrampften Fingern und schlug auf den Boden. Das war das Startsignal. Widerstandslos flüchtete ich aus der Wohnung.

Wenige Minuten später war ich beim Hotel angekommen. Der Herr an der Rezeption musste mir meine Not angesehen haben, schaute mich jedoch lediglich fragend an und sagte dann nichts. Er erkannte mich von den letzten Aufenthalten und liess mich ohne grosse administrative Verzögerungen in das Zimmer. Mitsamt den Kleidern legte ich mich ins Bett, wickelte mich in die Decke ein und winselte wie ein gepeinigter Hund. Die ganzen Vorkommnisse waren zu viel für mich. Ich hatte das Gefühl, komplett den Verstand zu verlieren.

Ich konnte nicht mehr sagen, ob ich noch schlief oder bereits wach war. Die vergangenen Nächte waren zu furchtbar gewesen. Meine niederschmetternden Gefühle erdrückten mich und minderten sich kein Bisschen.

Der Handyalarm klingelte. Angezogen stieg ich aus dem Bett. Aus dem Wasserhahn nahm ich einige Schlucke Wasser und machte mich auf den Weg. Ich wollte nicht zur Arbeit. Ich hasste diesen Job. Alles in meinem Körper weigerte sich und dennoch bewegte ich mich zielbewusst dem Firmengebäude entgegen.

In einem 24-Stunden-Quartierladen kaufte ich mir eine Flasche Jack Daniels, der mir half, meine Abneigung gleichgültiger werden zu lassen, selbst wenn er mich emotionaler machte. Angetrunken und verspätet traf ich in meinem Büro ein. Frank sagte kein Wort. Es kam mir vor, als könnte er spüren, wie ich mich fühlte. Ich fühlte mich von der Welt verstossen. Als würde sie mich bestrafen. Und ich konnte es ihr nicht verübeln.

In absoluter Verzweiflung ging ich in den Pausenraum. Alle waren bereits dort am Kaffeetrinken. Noch waren die Kaffeekapseln nicht aufgebraucht, was jedoch momentan meine geringste Sorge war. Nichts hatte sich geändert. Niemand grüsste mich, schaute mich an oder nahm mich überhaupt wahr. Ich hielt diese Situation nicht mehr aus. Die Stimmung brachte mich beinahe um.

Wortlos schrie ich um mich. Es waren Laute der puren Verzweiflung. Ich wusste nicht mehr wie weiter. Ich wusste aber, dass ich nicht mehr hierbleiben konnte. Entschlossen schritt ich in mein Büro zurück und schrieb meine Kündigung, welche ich auf dem Schreibtisch hinterliess. Wenn die Kaffeekapseln aus waren, würde mich bestimmt jemand suchen kommen. Dann würde die Kündigung sicherlich gefunden. Mit Frank unter dem Arm verliess ich das Gebäude.

In die spukende Wohnung zurück wollte ich ebenfalls nicht. Mit dem Bus fuhr ich deshalb direkt zum Hotel. Einige der Fahrgäste warfen mir verständnislose, fragende Blicke zu. Man sah wohl nicht alle Tage einen Mann mit einem Goldfisch unter dem Arm Bus fahren. Darüber könnte man bestimmt ein Buch schreiben.

Das schöne an Hotels war, dass man sich in den Zimmern verschanzen und tagelang nicht herauskommen konnte. Ich schloss mich in meinem Hotelzimmer ein und wollte nichts mehr von der Aussenwelt wissen. Auf dem Bett trank ich die Minibar leer.

Vieles war anders und trotzdem hatte sich nichts geändert. Seit einigen Monaten versuchte ich nun vergeblich, mein Leben in den Griff zu kriegen. Ich hielt das alles nicht mehr aus. Ich wollte von niemandem und nichts etwas wissen. Essen fand ich besonders doof. Meine Hungergefühle ignorierte ich komplett.

Während ich mit meinen Gedanken mein eigenes Kino hatte, lief der Fernseher. Der Ton gab mir das Gefühl, nicht ganz so alleine zu sein. Zuerst lief eine Kriminalserie, danach eine Gerichtssendung, anschliessend die Tragödie Fight Club und dann kam ein Film, der mich wirklich interessierte und zugleich überraschte.

Batman zog mich sofort in seinen Bann. Der Anfang war etwas träge, aber die Spannungskurve steigerte sich rasant. Plotspoiler: Batman war gebrochen und hatte Mühe sich selbst zu finden. Dennoch kämpfte er sich mit seinem stählernen Willen aus seiner Misere. Entscheidend dabei war seine psychische Stärke, die er dann auf seine körperlichen Fähigkeiten überträgt. Mit Batman konnte ich mich erstaunlich schnell identifizieren.

Batman war in diesem schrecklichen Gefängnis am Ende der Welt gefangen, wo er hart trainierte, um daraus wieder seine Stärke zurückzuerlangen und ein vollkommener Mensch zu werden. Und nicht nur das. Er übertraf sich selbst und wurde noch stärker als sein altes Ich. Mit seinem eisernen Willen, seinen übernatürlichen Fähigkeiten und den futuris-

132

tischen, technischen Hilfsmitteln besiegte er schlussendlich den Bösewicht. Der Film war erstklassig.

Der Film fesselte mich. Batman war bewundernswert. Sein Elend konnte ich nach-fühlen. Wir hatten beide alles verloren und einen ungreifbaren Feind. Hätte ich doch nur dieselben Fähigkeiten und denselben Willen wie er, um alle meine Dämonen zu besiegen.

33

Zuerst wusste ich nicht, wo ich mich befand, doch dann fiel es mir wieder ein. Das Hotel-zimmer. Ich war vor dem Schattenmonster und dem Büro geflohen. Meine letzte Arbeitstätig-keit ist die Kündigung gewesen. Ins Büro musste ich demnach nie wieder zurück. Das war gut. Nichtsdestotrotz war ich mir bewusst, dass ich nicht für immer in diesem Hotel-zimmer bleiben konnte, auch wenn mein Erspartes noch eine Zeit lang hinreichen würde. Das wiederum war ein Dilemma.

Wie ein normalsterblicher Mensch über-kam mich der Hunger und aus mir unbekann-ten Gründen, bestellte ich mir nichts aus der Hotelküche. Stattdessen ging ich einkaufen. Mit

dem Bus fuhr ich zwei Stationen zum Supermarkt. Es war Mittagszeit und alle Leute hatten
Hunger, weshalb der Bus vollgestopft war. Ich
hörte Musik und dachte nach wie vor über
mein Leben nach. Die Ohnmacht von gestern
war noch immer präsent.

Versunken in meinen Gedanken
bemerkte ich nicht, dass der Bus an der Ziel-
haltestelle hielt und ich aussteigen musste. Als
ich feststellte, dass ich aussteigen sollte, strömten die Leute bereits zur Türe herein. Ohne
nachzudenken, stand ich instinktiv auf und
kämpfte mich durch die Menschenmenge zur
Türe des Busfahrers. Die Leute drängten mich
zurück, aber ich preschte unablässig voran. Da
geschah es.

Es war kaum erkennbar und dennoch
signifikant. Kurz vor dem Ausstieg bei der Tür
beim Busfahrer kam mir eine andere Person
entgegen und rempelte mich an. Ihre Schulter
prallte hart gegen meine. Ich lief weiter, als
wäre nichts geschehen und stieg aus. Aus dem
Radio des Fahrers ertönte ein bekannter Song.
Die Stimme sang:

> „And the Vision that was planted in my
> brain

134

Still remains"

Obwohl ich wusste, dass gerade etwas Essentielles passiert war, realisierte ich erst später, wie dieser Moment alles verändert hatte.

34

Zurück im Hotel ass ich mein Sandwich und dachte über das soeben Geschehene nach. Das Ausmass dessen wurde mir aber keineswegs bewusst. Wie konnte es auch. Ich wusste lediglich, dass etwas sehr Aussergewöhnliches von grundlegender Bedeutung geschehen war.

Ich liess die Szene mehrmals in meinem Kopf Revue passieren. Wie bei einem Film spulte ich immer wieder vor und zurück. Dazwischen drückte ich Pause, spielte Slow-Mo und zoomte in das Geschehen, um den vollen Umfang des Films zu erfassen. Und dann auf einmal wurde mir bewusst, was an dem Vorfall aussergewöhnlich war.

Während ich ausgestiegen war, war mir ein Mann entgegengekommen. In dem Gedränge hatte er mich angerempelt. Seine Schulter war gegen meine geprallt, doch ich hatte keinen Zusammenprall gespürt. Wo ein

Rückstoss hätte sein sollen, war keiner gewesen. Ich hatte nichts empfunden.

Diese Erkenntnis machte mich nachdenklich und ruhig. Ich hatte bei dem Vorfall absolut nichts gefühlt. Wie konnte das sein, dass ich nichts gespürt hatte. Trotz allem war ich mir sicher, dass da etwas hätte sein müssen. Irgendeine Art von Rückstoss, Widerstand oder Gegenkraft. Doch da war absolut nichts gewesen. Ich hatte nichts dergleichen empfunden. Das beängstigte mich und gleichzeitig erregte es mich.

Wer auch immer die andere Person gewesen war, sie war mir nicht gewachsen gewesen. Ich war ihr überlegen gewesen. In meiner Lage war die Entdeckung wie ein Placebo-Medikament, das eine echte Wirkung entfaltete.

35

Frank schaute mich mit grossen, erwartungsvollen Augen an. Eifrig erzählte ich ihm von meiner Erkenntnis und seine Augen wurden fortwährend noch grösser. Er konnte nicht glauben, was mir widerfahren war.

Frank wollte von mir wissen, wie es

weiterging, dabei wusste ich das selbst nicht. Es war an der Zeit eine Standortbestimmung zu machen, um herauszufinden, wie meine Sachlage war.

Ich erzählte Frank, dass ich mein Leben ändern wollte und von meinem Plan mit den drei Zielen. Mein Haus hatte ich verkauft, die jetzige Wohnung gefunden, gekauft und war eingezogen. Nur war ich mir nicht sicher, ob das die Wohnung war, die ich im Sinne hatte. Der nächtliche Spuk erschwerte das Einleben massiv und mit einem Schattenmonster wollte ich mein neues Zuhause bestimmt nicht teilen. Frank fand es witzig, dass ich zusammen mit einem Schattenmonster eine Wohnung hatte. Sein Humor musste ziemlich schwarz sein.

Das nächste Ziel der Liste war eine Freundin. Eine Frau hatte ich noch nicht gefunden, stattdessen hatte ich nun einen Goldfisch. Das fand Frank ebenfalls witzig.

Zuletzt noch die Arbeitssuche. Inzwischen hatte ich zwei Jobs gehabt, die jedoch beide nicht gepasst hatten, weshalb ich beide hingeschmissen hatte. Immerhin hatte ich genügend Geld, sodass ich nicht dringend auf einen Job angewiesen war. Frank war wirklich ein guter Zuhörer und es tat gut, mit jemandem zu sprechen. Als Belohnung gab ich ihm ein Leckerli.

Mit meinen paar Sachen in einer Tasche und Frank unter dem Arm brachte mich ein Taxi am Mittag nach Hause in die Wohnung. Das war meine Wohnung und ich war nicht bereit, sie kampflos irgendjemandem, egal ob Monster oder nicht, zu überlassen.

Frank stellte ich ins Wohnzimmer, schnappte mir ein Bier und dachte über meine nächsten Schritte nach. Job hatte ich gerade einen gehabt. Über diese niederschmetternde Erfahrung musste ich zuerst hinweg kommen. Folglich war die Jobsuche vorübergehend auf Eis gelegt. Die logische Konsequenz war demnach die Partnersuche. Viele Wege hatte ich versucht und keiner war erfolgreich gewesen. Dennoch durfte ich nicht aufgeben.

36

Das „Aces" hatte heute geöffnet. Schnell ass ich, was ich in der Küche fand und stylte mich für den Ausgang. Damit es diesmal aber keine Blamage auf der Tanzfläche gab, legte ich eine alte Michael Jackson-CD in die Musikanlage und übte meine Moves vorab. Eine zerbrochene

Vase und zwei schmerzende Füsse später beherrschte ich den Moonwalk wieder. Frank staunte nicht schlecht. Er übte schon seit Jahren und konnte ihn immer noch nicht.

Mit einem freudigen Gefühl im Bauch betrat ich das „Aces". Der Club war gut besucht, ich war an der Bar und Jenna warf mir vernichtende Blicke über den Dancefloor hinweg zu. Ja genau, Jenna war ebenfalls dort. Sie interessierte mich allerdings nicht im Geringsten. Ich genoss meinen Cuba Libre und beobachtete das Geschehen. Und mit dem Geschehen meinte ich die kleine Blondine mit dem knappen Mini und dem grossen Dekolletee. Ich hatte eine Schwäche für Blondinen in knappen Minis und grossen Dekolletees, was aber weniger an den blonden Haaren lag.

Mit meinem Moonwalk umzingelte ich sie. Sie beachtete mich nicht. Sie gehörte wohl zu der Sorte Frau, deren Aufmerksamkeit man sich erkämpfen musste. Ich liess mir eine Magnumflasche Wodka verziert mit Bengalstäbchen und vier Kellnern an meinen Tisch bringen. Natürlich besass ein Mann mit meinem Status einen Stammtisch, von dem ich jedoch fünf Minuten zuvor noch nichts gewusst hatte.

Die blondhaarige, junge Frau interessierte das keineswegs. Vielleicht stand sie mehr auf den kreativen Typ Mann, also gab ich ihr den einfallsreichen Mike. Für einen mickrigen Tausender liess mich der DJ fünf Minuten an sein Mischpult. Ich musste ihm jedoch versichern, dass ich DJ-Erfahrungen hatte, was natürlich gelogen war.

Mit einigen gekonnt improvisierten Knopfdrücken wählte ich den neuesten Après-Ski-Hit. Um dem Lied eine eigene Note zu verpassen, drückte ich auf die Tasten mit den Spezialeffekten. Bis dahin wusste ich gar nicht, dass man per Knopfdruck scratchen konnte. Jetzt wusste ich es. Man konnte. Und man konnte sogar viele verschiedene Scratcheffekte erzeugen. Je länger man dazu einen Knopf gedrückt hielt, desto länger scratchte es. Wirklich faszinierend.

Zum Schluss ertönte eine musikalisch bereichernde Fan-Tröte, die dem Song das gewisse Etwas verpasste. Der DJ war wohl nicht von meinem Können überzeugt, weswegen er meine fünf Minuten frühzeitig beendete. Die Blondine drehte trotz meiner musikalischen Einlage nicht einmal den Kopf. (Fun Fact: Der DJ wurde nie wieder von diesem

Club gebucht.)

Ich gab daraufhin auf. Die Nacht hatte trotz alledem dennoch Spass gemacht. Schmunzelnd aber müde kam ich zu Hause an. Mein Bett erwartete mich bereits mit offenen Armen. Ich schlief sanft ein.

37

Der Tag begann mit Sonnenschein und guter Laune. Frank war bereits wach. Ich nahm mir eine Schüssel aus dem Schrank, gab Cornflakes hinein und goss Milch darüber. Für mich waren es stets die kleinen Dinge im Leben, die den Tag ausmachten. So auch heute. Die Milch stoppte kurz nach dem Kippen. Das Tetrapack war leer, die Milch war alle. Ich öffnete den Kühlschrank, um eine neue hervorzunehmen, leider vergeblich.

Ich schaute die Schüssel einen Moment lang an, bevor ich zu Frank blickte. Dieser schüttelte den Kopf, woraufhin ich die Flakes in den Abfall kippte. Happy Morning Mike. Ich zog mich an und verliess hungrig die Wohnung.

Durch die Shoppingmeile schlendernd, hielt ich Ausschau nach einem geeigneten

Ersatz für meine Cornflakes. Dann fand ich die Lösung. Wie eine Erleuchtung mit einem ganzen Chor bestehend aus singenden Engeln tauchte ein Stand mit Crêpes vor mir auf. Natürlich bestellte ich mir einen mit Nutella und verbrannte mir sogleich die Zunge an meinem Frühstück. Das störte mich aber nur ein kleines bisschen, denn warten war keine Option gewesen. Mein Magen knurrte nämlich inzwischen lauter als der Engelschor.

Essend lief ich durch die Shoppingmeile, die in Wirklichkeit nicht mal einen Kilometer lang war. Ich hasste es, zu essen und laufen gleichzeitig, weswegen ich bei der erstbesten Gelegenheit stoppte und das war ein blinder Strassenmusiker. Nicht nur konnte ich endlich in Ruhe essen, sondern einer unterhaltsamen Darbietung zusehen.

Mit seiner Ukulele spielte der Musiker alte Songs von Johnny Cash und den Rolling Stones. Er ging richtig ab. Seine Stimme hatte etwas Raues und Ehrliches. Ich mochte den Kerl. Er war authentisch. Aus meiner Brief-tasche nahm ich einen Geldschein hervor und legte ihn in seinen Ukulele-Koffer.

Immer noch zuhörend lief ich vorsichtig zurück in die Zuschauermenge, als ein junger

Herr an mir vorbeilief, ebenfalls zum Geld-koffer. Er bückte sich. Er gab vor, das Geld hinein zu legen, jedoch tat er stattdessen das Gegenteil. Er nahm die Scheine heraus, unter anderem auch meinen.

Ich traute meinen Augen nicht. Ungläu-big schaute ich mich um. Niemand aus dem Publikum reagierte. Niemand schien etwas bemerkt zu haben. Alle lachten, sprachen mit-einander und genossen die Musik, als wäre nichts vorgefallen. Und dennoch war ich mir sicher. Was gerade passiert war, war wirklich geschehen. Der junge Mann hatte soeben den Musiker beraubt und ich war der Einzige, der das beobachtet hatte. Der Räuber war natürlich nicht mehr zu sehen. In der Zeit, in der ich um mich blickte, hatte er sich aus dem Staub gemacht.

Schnellstmöglich ging ich nach Hause zu Frank. Das war nun der zweite Vorfall solcher Art. Der Zusammenprall, der mir nichts angehabt hatte, und der Raub, den nur ich gesehen hatte. Plötzlich fiel es mir wie Schup-pen von den Augen. (Dieses Wortspiel findet Frank äusserst befremdend.) Alles ergab einen Sinn. Alles erschien logisch.

Ich besass Kräfte, die mich von den anderen Menschen unterschieden. Kräfte, die mich überlegen machten, wie meine unverwüstliche Unversehrtheit oder der übernatürliche Sehsinn. Konnte das sein? War ich so etwas wie ein Superheld? Ich konnte es kaum fassen. Diese Gedanken machten mich ganz aufgeregt. Mir fiel keine andere plausible Erklärung ein.

Da das bereits der zweite Vorfall dieser Art war, war ich mir sicher, dass das kein Zufall sein konnte. Ich fühlte mich wie Flash, der schnellste Mann auf der Erde. Wie vom Blitz getroffen, erleuchtet von einer höheren Macht, hatte ich meine Superkräfte entdeckt. Das Schicksal hat mein ganzes Leben und meine ganze tragische Zeit geplant gehabt, um mich zu stärken und an diesen Punkt im Leben zu bringen. Alles Schreckliche, das mir widerfahren war, war einzig aus dem Grund geschehen, mich zu testen und auf die kommenden Herausforderungen vorzubereiten.

Seit langer Zeit hatte ich keinen so klaren Gedanken mehr gehabt. Es war ein grandioser Moment. Der Moment brachte allerdings genauso viele Fragen hervor, wie er beantwortete. Denen würde ich mich in der nächsten Zeit stellen müssen.

38

Was ich wusste, war, dass ich zwei Superkräfte besass: Die unverwüstliche Unversehrtheit und die Supersehkraft. Was ich nicht wusste, war, was noch weiter in mir steckte. Ich musste herausfinden, ob die zwei Superkräfte meine einzigen waren oder ob ich noch mehr übernatürliche Fähigkeiten besass. Es wäre schade, wenn ich nicht mein ganzes Super-Potential ausschöpfen würde. Stellt euch vor ich könnte Elektroschocks abfeuern und wusste es nicht. Moment mal, konnte ich Elektroschocks abfeuern? War eine weitere Fähigkeit, dass ich elektrische Spannungen erzeugen und nutzen konnte?

Mein Blick schweifte umher und blieb an der Küchenlampe haften. Ich hatte den Eindruck, als würde die Lampe gerade in diesem Augenblick heller leuchten. Das konnte kein Zufall sein. Nein, ich glaubte nicht an Zufälle. Das war Schicksal. Vorsichtig schraubte ich die Glühbirne aus der Fassung. Mit der Birne in den Händen setzte ich mich an die Küchenablage.

Allein durch meine enorme Kraft der Gedanken versuchte ich, die Glühbirne mit meiner Willenskraft zum Leuchten zu bringen. Ich fokussierte mich voll und ganz auf meine innere Energie. Für einen kurzen Augenblick dachte ich, dass ... nein, doch nicht. Fehlalarm. Die Glühbirne machte kein Fünklein, kein Anzeichen von Leuchten oder Scheinen. Der Aufwand war umsonst gewesen. Die Enttäuschung war gross. Ich hatte wirklich geglaubt, die elektrische Energie kontrollieren zu können.

Entmutigt legte ich die Glühbirne auf die Küchenablage. Die Beherrschung der elektrischen Energie konnte ich jedenfalls aus meiner Liste streichen. Stopp. Sollte ich etwa eine Liste erstellen? Das würde meinem Vorgehen eine Struktur geben.

Vier Stunden später sass ich vor einer Liste mit 23,5 Superhelden-Fähigkeiten. Bei der Halben war ich mir nicht sicher, ob das eine war. Ich war mir nicht sicher, ob viel Geld zu haben, eine Superkraft war. Ich kreuzte es jedenfalls an. Bei Batman zählte das schliesslich auch.

39

Die naheliegendsten Superkräfte schienen mir die Kontrolle der Elemente „Erde", „Wasser",

„Feuer" und „Luft" zu sein. Viele der bekannten Superhelden arbeiteten mit den irdischen Elementen und machten sie sich zunutze. Mit eiskaltem Kalkül machte ich mich an die Tests.

Ich zog mir eine Jacke an und fuhr mit meinem Aston Martin ausserhalb der Stadt auf ein Feld, abgelegen von Siedlungen, um mich dem Element „Erde" zu widmen. Ich wollte nicht, dass mich jemand sieht oder sogar fotografiert. Am Ende landete ich noch in der Zeitung und ich wollte keinesfalls Aufsehen erregen. Alle bekannten Superhelden verhielten sich unauffällig gegenüber anderen Menschen. Das wollte ich ihnen gleich tun.

Ich schritt auf das Feld hinaus und stand einige Minuten still. Ich wusste nicht recht, wie ich vorgehen sollte. Ein erster Test war, die Erde zu spüren. Auf der Wiese stehend, versuchte ich, den Boden unter mir zu fühlen und aufzunehmen. Ausser dem Wind, der mir ins Gesicht peitsche, spürte ich jedoch nichts. Und der Wind war das falsche Element.

Als Zweites wollte ich eins werden mit dem Boden. Ich warf mich auf die Erde und wälzte mich auf und in ihr. Drei rollen nach rechts, vier nach links und wieder zurück, einen Purzelbaum und zum Abschluss noch einen wilden Maulwurf, der sich einen neuen Hügel baute. Alles vergebens. Meine Kleidung war total verdreckt und mein Gesicht hatte die Bemalung eines Indianers, doch dem Element fühlte ich mich nicht im Geringsten näher.

Ich gab bereits auf. Die Erde war wohl nicht mein Element. Meine dreckigen Klamotten zog ich aus, warf sie in den Kofferraum und da ich keine Ersatzkleidung dabei hatte, fuhr ich lediglich in Unterhosen und Socken zurück zur Wohnung. Das lehrte mich, immer einige Ersatzkleider dabei zu haben.

Ich ass mein Abendessen und setzte mich danach auf das Sofa. Da erinnerte ich mich an das Schattenmonster. Bis jetzt war ich immer das Opfer, der Verängstigte, der Leidende gewesen, doch ab jetzt war das anders. Super-Mike liess sich nicht einschüchtern. Ab sofort war ich nicht mehr der Gejagte, sondern der Jäger. Das Monster würde meine Kräfte zu spüren bekommen, wenn es auftauchen sollte. Irgendetwas sagte mir jedoch, dass das nicht nötig sein würde, und ich behielt recht. Die Nacht blieb ruhig.

40

Ein neuer Tag, um meine Kräfte auf die Probe
zu stellen, brach an. Bereits früh am Morgen
verliess ich die Wohnung. Selbst wenn das Element „Erde" nicht geklappt hatte, vielleicht
hatte ich mit den übrigen Elementen „Wasser",
„Feuer" und „Luft" mehr Erfolg. Vielleicht
konnte ich mir eines von denen zu eigen
machen.

Ich startete mit dem Element „Wasser".
Mit meinen Badesachen ausgerüstet fuhr ich in
das nächste Hallenbad, denn am frühen
Morgen wäre das Wasser eines Outdoor-
schwimmbades, Sees oder Flusses in dieser
Jahreszeit zu kalt gewesen. In dem eisigen
Wasser hätte ich mir womöglich eine Erkältung
geholt. Das wäre eine Katastrophe gewesen.

In der Umkleidekabine zog ich meinen
Schwimmanzug an. Ich möchte schliesslich
nicht, dass mein Können durch eine subopti-
male Gleitfähigkeit behindert wird.

Der erste Test war das Tauchen. Am
Beckenrand ging ich unter Wasser, stiess mich
kraftvoll mit den Füssen ab und tauchte
sogleich wieder auf. Das Wasser brannte fürchterlich in den zunehmend rot werdenden

Augen. Das Tauchen konnte ich demnach von meiner Liste streichen. Das Scheitern des Tauchens hiess allerdings nicht zugleich auch, dass ich nicht ein Schwimmtalent sein könnte.

Inspiriert von der Tierwelt bereitete ich mich mental auf die Herausforderung vor. Dann gab ich Vollgas. Elegant wie ein Delfin versuchte ich, im Wasser vorwärtszukommen. Unerklärlicherweise klappte das fast gar nicht. Aus mir unbekannten Gründen klappte es weder mit dem Delfin noch mit dem Hammerhai oder dem Blauwal. Besonders enttäuscht war ich von der Seekuh. Ich hatte solche Hoffnungen in sie gesteckt.

Entmutigt fuhr ich wieder nach Hause. Ich brachte meine nasse Kleidung zum Trocknen in den Waschraum. Vor den nächsten Tests wollte ich mich kurz erholen und einen kleinen Imbiss zur Stärkung zu mir nehmen.

Am Nachmittag war dann das Element „Feuer" an der Reihe. Das Feuer war insgeheim mein Lieblingselement. Seit ich klein war, fand ich Feuer sehr cool. Ich hatte aber nicht gleich das Beste vorwegnehmen wollen, was der Grund war, weshalb ich nicht damit gestartet hatte.

Für die Tests ging ich in den Wald. Im

Nachhinein musste ich sagen, dass der Wald vielleicht nicht der beste Ort gewesen war, um „Feuer" zu testen. Na gut, ich gebe zu, es war eine ziemlich dumme Idee gewesen.

Vorbereitet wie ich war, nahm ich einige dürren Äste und stapelte sie zu einem Turm. Mit einem Feuerzeug zündete ich die Äste an. Das Ganze stellte ich mir wie ein Feuerritual vor, bei dem ich erleuchtet wurde. Wie ein Schamane gab ich wahllos irgendwelche Vokale von mir und tanzte um das Feuer, das mittlerweile eine beachtliche Grösse erlangt hat. Der Tanz und ich wurden immer wie wilder. Ich drehte mich im Kreis, ging in die Knie, sprang in die Luft und das alles meistens gleichzeitig (An dieser Stelle eine Aufforderung an die Lesenden, das zu versuchen. Bitte ohne Feuer.[2]).

Nach einigen Minuten war mir schwindelig, sodass ich die Orientierung verlor. Mit unbeabsichtigter Präzision torkelte ich in das Feuer. Meine Hose begann zu brennen. Ich schrie und fuchtelte mit den Armen und Beinen. Das Feuer ging nun auf mein T-Shirt über. Ich schrie und fuchtelte noch heftiger, was den Brand nur noch mehr entfachte. Meine

---

[2] Der Autor lehnt jegliche Brandschäden ab

Kleidung bekam Panik und schrie jetzt ebenfalls.

So schnell ich konnte, zog ich die Kleidung aus und warf sie von mir. Das Feuer übertrug sich auf die Blätter und Äste, auf denen die Kleider waren. Nun flippte ich komplett aus. Ich musste um jeden Preis einen Waldbrand verhindern. Ich rannte zu meinem Aston Martin, der einige Meter entfernt am Waldrand geparkt war, nahm die Ersatzkleidung aus dem Kofferraum, rannte zurück und warf die Kleider auf das Feuer. Damit konnte ich das Feuer ersticken und das Schlimmste verhindern. Hinterher fuhr ich erneut in meiner Unterwäsche zu meiner Wohnung zurück. Möglicherweise wäre es sinnvoll, mehrere Ersatzkleider im Kofferraum zu haben, schoss es mir durch den Kopf.

41

Die meisten Superhelden hatten einen Job, welcher zur Tarnung für ihr Superhelden-Dasein diente. Die Anonymität hatte oberste Priorität und ich wollte ebenfalls unerkannt bleiben. Das hiess, ich musste mich unter normale Menschen mischen und so tun, als würde ich zu ihnen gehören. Aus diesem Grund suchte ich nach einer geeigneten Stelle im Internet. Meine Erfahrungen mit Onlinestellenausschreibungen waren nicht sonderlich positiv, doch das war der schnellste Weg. Ausserdem war der Job diesmal nur ein Mittel zum Zweck.

Stunden später war ich immer noch vor dem Laptop. Im Internet gab es nichts, das es nicht gab und dennoch passte mir nichts. Frank zeigte hämisch auf die „Pyrotechniker gesucht"-Ausschreibung, wofür er von mir einen strafenden Blick erntete. Alle Anzeigen stiessen mich ab.

Ein weiterer Punkt bezüglich meiner Superheldenfähigkeiten, der mir durch den Kopf ging, war meine Kampferfahrung. Fast alle Superhelden waren Experten in einer oder mehreren Kampfkünsten. Das fehlte mir. Früher hatte ich mal aktiv Bodybuilding betrieben und dadurch gute Körperkenntnisse erlangt, was zwar durchaus nützlich sein konnte, aber das ersetzte nicht das Beherrschen einer Kampfkunst. Meine Gegner sollten mich fürchten.

Ich legte die Jobsuche auf Eis und googelte nach Kampfkünsten. Karate schien mir geeignet. Zuerst wollte ich einen Judokurs

153

besuchen, doch dann las ich, dass diese Kampfkunst ausschliesslich zur Selbstverteidigung
diente. In einem Ernstfall musste ich allerdings
auch angreifen können. Mit einigen wenigen
Klicks meldete ich mich für ein Probetraining
an.

42

Selbst die grössten Helden mussten trainieren,
um sich mit ihren Fähigkeiten auszukennen,
und das Element „Luft" war das Letzte, das
zum Testen übrig blieb. Wie ich die Luft bändi-
gen konnte, war mir ein Rätsel. Diesmal fuhr
ich zu einer alten, leerstehenden Fabrikhalle.
Vergeblich versuchte ich, die Luft im Raum ein-
zufangen, festzuhalten und versuchte ebenfalls,
einen Wirbelsturm zu erzeugen. Nichts davon
funktionierte.

Nach meinen erfolglosen Tests kam ich
aus dem Fabrikgebäude und sah, wie sich ein
Mann an meinem Wagen zu schaffen machte.
Entweder wollte er die Türklinke supergründ-
lich polieren oder in den Wagen einbrechen.
Das durfte ich nicht zulassen.

Durch meine unverwüstliche Unversehrtheit gestärkt, rannte ich auf ihn zu und kickte

ihm mitten ins Gesicht. Er war mit dem Rücken zu mir gewesen und mit dem Diebstahl beschäftigt, weshalb er mich nicht hatte kommen sehen. Als er sich drehte, war es bereits zu spät und er kriegte sogleich meinen Fuss in seine Visage. Sein Antlitz war von vorneweg schon nicht gerade eine Augenweide gewesen, weswegen der Fussabdruck darin nicht wirklich eine Abwertung war. Augenblicklich sackte er bewusstlos zu Boden.

Ich schaute mich nach etwas Brauchbarem um, fand jedoch nichts. Ich wollte ihn fesseln. Schlussendlich nahm ich meine Schuhbändel, schnürte seine Hände und Füsse zusammen und band ihn an einen Mast. Von einer Telefonzelle aus rief ich die Polizei und gab ihr einen anonymen Tipp. Anschliessend fuhr ich nach Hause. Ein zweites paar Schuhe und ein Seil durften ab sofort in meinem Kofferraum zusätzlich zur Ersatzkleidung nicht fehlen.

43

Am Nachmittag stand mein Karate-Probetraining auf dem Programm. Das Dojo war nicht allzugross. Es bestand aus einem Mattenfeld, einem Nebenraum mit einigen Fitnessgeräten und einer Getränkebar. Die Bar wirkte sehr einladend.

In der Anfängerstunde ging es hauptsächlich um das korrekte Schlagen und Kicken, inklusive dem festen Stand für eine optimale Balance. Auch wenn ich mir einige anspruchsvollere Übungen erhofft hatte, war es eine gute Stunde. Zu den sogenannten Kata, den Übungsabfolgen von Schlägen und Kicken, kam ich bestimmt noch früh genug. Ich konzentrierte mich vorerst einmal darauf, meine Gegner mit meiner Stärke nicht allzufest zu verletzten.

Auf der Heimfahrt sah ich an einem Teeladen gross angeschrieben „Personal gesucht". Das war es. Ich mochte Tee. Prompt hielt ich an und ging in den Laden. Ich stellte mich vor. Die Verkäuferin holte die Verantwortliche, die mich kurz musterte, mir einige Fragen stellte und wenige Minuten später hatte ich einen Schnuppertag vereinbart. So schnell konnte sich alles zum Guten wenden.

44

Ein erstes positives Kriterium, das für den Teeladen sprach, war die Erreichbarkeit mit dem

Bus. In 30 Minuten war ich von meiner Wohnung beim Geschäft. Während dieser Zeit konnte ich die unmotivierten Arbeitsgesichter anlächeln und mich freuen, die Fahrt mit ihnen zu verbringen. Wenn die anderen Fahrgäste bloss wüssten, dass sie den Bus mit einem Superhelden teilten.

Der Schnuppertag verlief gut. Im Erdgeschoss befand sich der Verkauf und einen Stock darüber war das Restaurant, wo man sowohl traditionelle Teezeremonien als auch unkompliziertes Teevergnügen haben konnte.

Ich durfte vorerst ausschliesslich als Serviceangestellter arbeiten. Die Kunden zu beraten, war mir noch untersagt, obwohl ich sehr gerne Tee trank. Am liebsten trank ich Eistee. (Ein kleiner Scherz meinerseits.)

So schwer konnten die Beratungen ja nicht sein. Die verschiedenen Teegattungen kannte ich jedenfalls. Da gab es Schwarztee, weissen Tee, grünen Tee und so weiter. Man sieht es ihnen ja an der Farbe an. Die Entscheidung der Chefin akzeptierte ich allerdings. Zu den Beratungen kam ich bestimmt schon sehr bald.

Ich nahm die Bestellungen auf. Das konnte ich nach meinen Erfahrungen im „Spie-

lenden Löwe" mühelos. Im Gegensatz zu
damals waren die Bestellungen zudem wesentlich simpler. Es gab weniger Sonderwünsche
und die Essensauswahl war deutlich kleiner.
Dafür war das Getränkesortiment beträchtlich
grösser, was aber kein Problem darstellte. Wenn
ein Tee bestellt wurde, schrieb ich mir den
Namen einfach auf, ging bei den Teebehältern
nachlesen, welcher Tee es war und gab einige
Löffel in die Kanne. Das Prozedere war simpel.
Alles war angeschrieben. Die Menge und die
Wassertemperatur standen zudem auf der
jeweiligen Beschreibung des Tees.

Die Tätigkeit gefiel mir. Katja, meine
Chefin, war zufrieden mit mir. Im Anschluss
fragte sie mich, ob ich mir vorstellen könnte,
hier zu arbeiten. Ohne zu zögern, sagte ich" ja".
In ihrem Büro führten wir die Unterhaltung
weiter und als ich raus kam, war ich der neuste
Mitarbeiter vom „Teatime".

45

Dass ich Superkräfte besass, stand ausser Frage.
Ich war mir lediglich nur noch nicht sicher
welche. Als ich aufstand, fühlte ich mich kräf-
tig. Ich sprühte regelrecht vor Energie. Ich

sprang aus dem Bett, ass mein Power-Müsli und düste los in das Karate-Vormittagstraining. Immer noch keine Kata, stattdessen mehr Schläge und Kicks. Es war ein gutes Training. Mir gefiel die körperliche Verausgabung.

Bei der Bar schaute ich die Getränke an. Dabei musste ich daran denken, dass mein letztes Bier oder Glas Wein (hörte sich besser an als Flasche Wein), bereits einige Tage her war. Dabei fehlte mir der Alkohol überhaupt nicht. Was wäre ein besoffener Superheld? Eine Witzfigur. Und ich war keine Witzfigur. Meine Superkräfte machten mich zu einem aussergewöhnlichen Mann.

Nach dem Training fühlte ich mich noch immer energiegeladen. Meine Kräfte waren auf dem Höhepunkt, das spürte ich. Ich fühlte mich gewachsen, die ultimative Kraft zu testen. Die Kraft, die die meisten Superhelden beherrschten. Die Flugkraft.

Mit dem Wagen fuhr ich erneut zum leerstehenden Fabrikgebäude. Der Autodieb war jedenfalls nicht mehr da. Das war schade. Ich hatte gehofft, ihn anzutreffen. Für ihn hatte ich sogar eine Flasche Wasser dabei. Angekettet an den Mast wäre er bestimmt durstig gewesen und ich war ja kein Unmensch, lediglich ein

Superheld.

Gut drei Meter vom Fenster entfernt, stand ich im ersten Stock und wartete auf den passenden Moment. Das Fenster war ohne Fensterrahmen und Gläser. Eigentlich war es nur ein Loch in der grauen Wand, das vermuten liess, dass da mal ein Fenster gewesen war. Das Fensterloch war knapp grösser als ich.

Meine Knie zitterten und die Hände waren ganz klebrig feucht. Schweissausbrüche. Meine Füsse schritten zögernd auf das Loch zu. Die Schritte wurden zunehmend grösser, wenn auch nicht sicherer. Ich wurde schneller. Vor Nervosität hob ich das linke Bein zu wenig an, sodass der Fuss am unteren Rand des Fensters anschlug. Ich geriet ins Wanken, verlor das Gleichgewicht und stolperte aus dem Fenster.

Ungefähr drei Meter fiel ich in die Tiefe, bevor ich unsanft auf dem Boden aufschlug und wie eine Gauss-Verteilung da lag. Aus der Hosentasche zückte ich mit letzter Kraft mein Handy und rief die Ambulanz an. Kurz darauf waren die Sanitäter bei mir. Ihnen und den Ärzten sagte ich, dass ich etwas Verdächtiges bei dem Gebäude gesehen hatte und nachschauen wollte. Sie glaubten mir.

Mit einem geschwollenen Fuss und

lädierten Fussbändern, aber glücklicherweise ohne grössere Schäden, kriegte ich Krücken und wurde entlassen. Zwei Wochen nicht belasten, danach sollte der Fuss wieder vorsichtig einsetzbar sein. Voll belasten könne ich ihn erst in sechs Wochen wieder, meinte der Arzt. Das war ein Dämpfer. Kaum hatte ich meine Superheldenkarriere gestartet, schon kam der erste Rückschlag.

46

Die zwei Wochen in denen ich ausser Gefecht war, nutzte ich, um mir über mein Leben und meine Zukunft Gedanken zu machen. Ich kam mir vor wie ein verrückter Professor, der über die Materie seines Untersuchungsgegenstandes in einem Verliess grübelte und mit irrwitzigen Thesen sowie Antworten aufkam.

Es gab viele verschiedene Dinge, die mich beschäftigten. Einer der ersten Gedanken war meine angenommene Unversehrtheit, die durch meinen Unfall in Zweifel geraten war. War ich nicht mehr geschützt? War meine unverwüstliche Unversehrtheit dauerhaft aufgehoben oder nur temporär? Auf viele dieser Fragen fand ich keine abschliessenden Antworten. Da sie mich in Ernstfällen bereits mehrmals geschützt hatte, kam ich zum Schluss, dass sie situativ sein könnte. Vielleicht war das mit allen meinen Kräften der Fall, dass sie sich erst entfalteten, wenn die Situation es erforderte. Mit diesem Fazit konnte ich dieses Thema erstmals zufriedengestellt beiseitelegen.

Das zweite Thema war der Ursprung meiner Kräfte. Ich wurde weder durch Experimente erschaffen, noch von einer höheren Macht berufen oder einem Blitz getroffen. Demnach musste es andere Erklärungen für meine Kräfte geben.

Einerseits schloss ich nicht aus, dass ich von einem fremden Planeten stammte. Niemand konnte mit Gewissheit sagen, dass wir alleine in unserem Universum lebten. Es könnte sein, dass ich oder sogar meine Eltern, falls sie wirklich meine Eltern waren, von einer anderen Spezies abstammten und dass wir unbemerkt unter den Menschen existierten. Das warf natürlich die Frage auf, woher ich denn stammte, sollte das zutreffen. Ausserdem konnte es gut sein, dass, wenn ich ein Ausserirdischer war, es noch andere wie mich auf der Erde gab.

Eine weitere Theorie war, dass meine Fähigkeiten sich im Verlaufe der Zeit durch die

Evolution verändert haben. Ich wäre demnach die nächste, bessere Version der Menschheit. Und wenn ich nun diese Evolutionsschritte gemacht hatte, dann haben andere bestimmt ebenfalls dieselbe oder eine ähnliche Entwicklung durchgemacht.

Selbst wenn ich keine der beiden Theorien annehmen beziehungsweise verwerfen konnte, fand ich beide ziemlich cool. Ob Alien oder weiterentwickelter Mensch, beides gefiel mir. Beide Theorien hatten aber eine Schattenseite. Welche Theorie ich auch wählte, bei beiden Versionen würde das bedeuten, dass es noch andere wie mich gab. Das war zugleich aufregend und beunruhigend. Waren die Meinesgleichen Verbündete oder Feinde? Und was hatten sie für Kräfte?

47

Viele Superhelden hatten spezielle Gadgets oder Ausrüstungen wie Anzüge und Waffen. Das verlieh ihnen im Kampf gegen das Böse einen Vorteil. Momentan besass ich noch keine solchen Tools, doch die würde ich bestimmt benötigen. Damit ich diese angemessen verstauen konnte, brauchte ich einen passenden

Raum, der nicht für alle zugänglich war, einen Geheimraum.

Bei der Firma J&B Sicherheitstechnik hatte ich einen Termin. Ein Herr im Anzug begrüsste mich umständlich formell, wonach ich ihm meine Vorstellungen schilderte. Wie Batman wäre eine Höhle ideal. Dann hätte ich meinen eigenen geheimen Stützpunkt. Unerklärlicherweise war das leider architektonisch nicht umsetzbar. Wir mussten folglich eine andere Herangehensweise wählen. Wir einigten uns, von dem auszugehen, was ich bereits besass.

Das Zimmer mit den Umzugskisten war perfekt geeignet für Anpassungen. Die Kisten stellte ich in den grossen Keller. Die Umbauten des Zimmers begannen sofort. Die Wand an dem angrenzenden Zimmer schlug die Baufirma ein und ersetzten sie durch eine Bibliothek. Wie in den Filmen öffnete sich ein Teil der Bibliothek durch das Herausziehen eines bestimmten Buches. Es war ein Buch mit einem laufenden Mann im Anzug auf dem Umschlag, auf den ein Sack herunterfiel.

Die Arbeiten dauerten zwei Tage. Weil Frank und ich nichts Besseres zu tun hatten, schauten wir gespannt den Arbeitern zu. Wir waren beide neugierig auf das Ergebnis und schlürften, während wir zusahen, genüsslich einen Eistee nach dem anderen.

Der Raum war nebst dem Wohnzimmer der grösste. Er sollte genügend Platz bieten, alle meine zukünftigen Superhelden-Utensilien zu verstauen. Müde vom Beobachten aber glücklich mit dem Resultat schliefen Frank und ich Arm in Arm auf dem Sofa ein.

48

Die Tage vergingen und mein Fuss war fast wieder vollkommen belastbar. Das hiess, ich konnte die Arbeit im Teeladen weiterführen, die ich genau genommen noch nicht einmal begonnen hatte. Ich freute mich. Nicht nur, dass ich meine Tarnung wieder aufnehmen konnte, sondern ebenfalls die Tätigkeit an sich, die mir durchaus Spass machte. Es tat gut, wieder mehr unter die gewöhnlichen Leute zu kommen, egal ob durch die Busfahrt oder die Arbeit im Service beim „Teatime".

Eine Mehrheit der Kunden waren Teeliebhaber, manchmal auch Teefeinschmecker und selten Teebesserwisser. Wir hatten zwar zusätzlich einige wenige Kaffeesorten und Süssgetränke, aber die wurden so gut wie nie bestellt. Wenn sich nämlich ein Kaffeetrinker zu uns verirrt hatte, dann wurde er sicherlich von einem überzeugten Teetrinker genötigt, einen exklusiven Tee zu bestellen.

Die Belastung des Fusses erlaubte mir einen normalen Alltagsgebrauch. Mein Karatetraining musste jedoch noch ein bis zwei Wochen warten. Immerhin konnte ich fast alles andere wieder schmerzfrei ausführen.

In der Zeit bis mein Fuss komplett geheilt und für das Karatetraining einsatzbereit war, arbeitete ich hauptsächlich im Teeladen, führte mehr erfolglose Superkräfte-Tests durch und plante mein Superheldendasein. Weitere Superkräfte, die ich abhaken konnte, waren ein elastischer Körper und Blitze abschiessen. Das Blitzeschiessen hatte ich bereits aufgrund des gescheiterten Tests mit der elektrischen Energie abgehakt, doch ich hätte es mir so sehr erhofft. Das hätte bestimmt Spass gemacht.

Was ich hingegen stark annahm, welche Fähigkeit ich besass, war eine beschleunigte Heilung. Meine schwere Verletzung am Fuss war in weniger als drei Wochen fast komplett verheilt. Ich konnte nun wieder ohne Schmerzen laufen. Dabei hatte der Arzt sechs Wochen

prognostiziert. Das war erstaunlich und aussergewöhnlich.

Ein grosser Teil meiner Zeit drehte sich
um meine Verkleidung und die Ausrüstung. Ich
wollte nicht bloss ein Held in Strumpfhosen
sein. Dabei besass ich nicht einmal eine passende Strumpfhose. In meinem Kleiderschrank
befand sich lediglich eine Dunkelrote aus
meiner Gymnasiumszeit, aber das ist eine
andere Geschichte mit Henry McCole.

Mein Outfit sollte cool und gleichzeitig
funktional sein. Dabei durfte ein Wiedererkennungswert nicht fehlen. Wenn ich beispielsweise eine Lederjacke nehmen würde, wäre das
extrem cool, weil Lederjacken nun mal cool
sind, dafür wäre sie in den meisten Fällen nicht
sehr funktional und der Wiedererkennungs-
effekt klein.

Mit meiner Verkleidung kam ich vorübergehend auf keinen grünen Zweig. Da zudem
viele meiner Superkräfte noch unentdeckt
waren, konnte ich noch nicht sagen, welche
Funktionen mein Anzug haben sollte. Mit der
Ausrüstung ging es mir nicht anders. Was für
Waffen und Gadgets ich benötigte, würde sich
erst im Einsatz zeigen.

Die wenigen Tage, die noch übrig blieben, bis ich meinen Fuss unbedenklich belasten konnte, vergingen, indem ich das Geheimzimmer einrichtete. Das Zimmer war für den Umbau komplett leer geräumt worden. Die Verletzung verschaffte mir die Möglichkeit, das Zimmer meinen Wünschen entsprechend zu gestalten.

Das erste Objekt, das ich hineinbrachte, war ein Schreibtisch. Jeder Superheld brauchte eine Arbeitsfläche. Die grosse Tischplatte war sehr umständlich durch den schmalen, geheimen Eingang hineinzutragen. Ohne Franks Hilfe hätte ich das wahrscheinlich nicht geschafft. Den Tisch einmal zusammengeschraubt, konnte ich meinen Supercomputer drauf stellen.

Als Drittes und Letztes stellte ich einen Schrank hin. Da würden dann meine Anzüge und Tools hineinkommen. Der Schrank wurde in seinen Einzelteilen zerlegt geliefert. Dadurch konnte ich die Teile in das Geheimzimmer transportieren und ihn dann dort zusammensetzen. Das Herumtragen der schweren und grossen Teile strapazierten meinen Fuss sehr. Nur dank meiner superschnellen Heilung konnte ich diese Gegenstände ohne weitere Verschlimmerungen meiner Verletzung ins

Zimmer bringen.

49

Heute hatte ich ein volles Tagesprogramm und dass ich zu spät aufstand, half nicht gerade. Meinen Wecker hatte ich kurzerhand auf stumm geschalten, als er losging. Nur noch fünf Minuten, sagte ich mir. Die Rechtzeitig-Aufstehen-Superkraft konnte ich demnach ebenfalls von der Liste streichen.

Ohne Frühstück ging ich aus dem Haus. Von meinem Eingang aus sah ich, dass der Bus bereits bei der Haltestelle hielt. Ich lief los. Der Bus fuhr los. Ich begann zu rennen. Ohne an meine Fussverletzung zu denken, rannte ich dem Bus hinterher. Es fühlte sich gut an. Das letzte Mal, als ich gerannt war, war sehr lange her. Als erwachsene Person gab es nicht viele Gelegenheiten zu rennen, und wenn es eine gab, dann tat man es dennoch nicht, weil es sich nicht gehörte. Jetzt aber rannte ich. Und wie.

Der Bus und ich waren ungefähr gleich schnell. Er hatte allerdings einen Vorsprung. Da bemerkte ich, dass ich noch verborgene Reserven in mir hatte. Mein Gefühl sagte mir, dass ich noch schneller rennen konnte und dank meinen Reserven legte ich noch an Geschwindigkeit zu. Ich brachte meinen Körper ans Limit. Mit meiner neuen Spitzengeschwindigkeit war ich mit einem Schlag schneller als der Bus.

Als er bei seiner nächsten Station hielt, wartete ich bereits keuchend und stieg verschwitzt ein. Einige der Fahrgäste warfen mir fragende Blicke zu. Ein Herr im Businessanzug mit Brille neben mir musterte mich von oben bis unten. Ich lächelte ihm selbstbewusst zu. Eine neue Superkraft konnte ich auf der Liste anstreichen.

Der Tag im Teeladen verlief unauffällig. Die Gäste bestellten und ich servierte. Die meisten Tees, die getrunken wurden, waren chinesische Grüntees. Ich schätzte, dass ein schwarzer Tee zu normal wäre, um hier getrunken zu werden. Ein guter Grüntee hingegen war da schon exquisiter. Ich fragte mich, ob der Teegenuss Trends folgte. Vielleicht würde ja nächstes Jahr das Jahr des Schwarztees sein. Ein Hoch auf die gemeinen Schwarztees.

Nach meiner Arbeit fuhr ich ins Karatetraining. Ich konnte mit voller Geschwindigkeit rennen, demnach konnte ich genauso gut kicken. Und wie ich kickte. Ich schlug und

kickte und fegte meine Übungspartner reihen-
weise von der Matte. Einer nach dem anderen
bekam meine Superstärke zu spüren. Mein
Meister war sehr zufrieden mit mir. Zum
Abschluss sagte er mir, dass ich bereit für mein
erstes Kata wäre. Was für eine Ehre. Mein
Können blieb nicht unbemerkt.

50

Abends in meiner Wohnung ass ich einige
Scheiben Brot mit Salami und Schinken. Weil
ich allerdings gerade keine Lust auf Schinken
hatte, liess ich ihn weg.

Ich war sehr müde, weswegen ich mich
früher als üblich bettfertig machte und mich in
die Federn legte. Mein Körper sehnte sich nach
Erholung, jedoch liess ihn mein Geist nicht
ruhen. Meine Gedanken kreisten unablässig
weiter. Kurz vor Mitternacht beendete ich mein
Vorhaben, zog mich an und verliess die Wohnung. Ich ging spazieren. Das sollte helfen,
meine Gedanken zu einem Ende zu bringen
oder mich zumindest so weit zu beruhigen,
dass ich einschlafen konnte.

Ich lief durch das Quartier, den Hang
hinunter und 20 Minuten später gelangte ich

zum See. Dem See entlang kam ich nach weiteren paar Minuten zu einer hölzernen Personenbrücke. Ich stieg auf die kleine Brücke und hielt in der Mitte inne. Von der Brücke aus hatte ich etwas Abstand zu den nächstgelegenen Häusern und zur Zivilisation. Das verlieh einem den Eindruck, alleine zu sein.

Die Nacht war wunderschön. Sie hatte etwas Geheimnisvolles, Mystisches. Der Mond leuchtete hell, doch durch den feinen Nebel in der Luft vermochte er das Dunkel nicht vollkommen zu vertreiben. Die Schwäne und Enten auf dem Wasser schnatterten harmonisch und durchbrachen die unheimliche Stille, die wie ein Schleier über dem See lag. Der Ort und der Moment waren perfekt geeignet, um meine angefangenen Gedanken weiter zu führen.

Lange Zeit litt ich unter dem Schattenmonster, dass mich zu Hause in der Wohnung Nacht für Nacht aufgesucht hatte. Bestimmt gab es noch andere Monster wie dieses. Meine Kräfte hatten gezeigt, dass ich in der Lage war, solche Ungeheuer zu vertreiben. Ich spürte, dass es an der Zeit war, meine Superheldenkräfte für das Wohl der Menschen zu nutzen.

Mit den Superkräften wurde mir eine Verantwortung übertragen und diese Verantwortung wollte ich wahrnehmen. Ich fühlte mich verpflichtet, meine Fähigkeiten einzusetzen, um die Welt zu einem besseren Ort zu machen. Zudem war ich mir sicher, dass es noch andere wie mich gab. Der Zufall, dass ich der Einzige mit Superkräften war, war zu gross. Und davon hatten bestimmt einige zwielichtige Absichten, die ich verhindern musste. Stellt euch vor, ich wäre ein Superheld und es gäbe nichts zu retten. Das wäre absurd.

Diese anderen Supermenschen wollte ich aufspüren und kennenlernen. Mit den Guten wollte ich mich verbünden. Die Bösen würde ich bekämpfen müssen. Ich musste aktiv werden. Die Zeit war reif für einen nächsten Schritt.

Mit diesem Entschluss kamen meine Gedanken zur Ruhe. Ich begab mich auf den Rückweg, der durch die Steigung etwas länger dauerte. Damit mir der Rückweg hinauf nicht so lange vorkam, stellte ich auf dem Handy das Radio ein. Ein Song ertönte:

> „And in the naked light I saw
> Ten thousand people, maybe more.
> People talking without speaking,
> People hearing without listening,

People writing songs that voices never
share
And No one dared
Disturb the Sound of silence."

Im Bett schlief ich sofort ein. Es war ein guter,
traumloser Schlaf.

51

Die folgenden Tage waren gewöhnliche
Arbeitstage. Nichts Spannendes. Ich arbeitete
im Teeladen und fuhr anschliessend ins Karatetraining. Ausser Sonntags ging ich jeden Tag ins
Training. Ich baute einen eisernen Willen und
einen gestählten Körper auf.

In der Nacht ging ich auf Verbrecherjagd,
nur hatte ich bis jetzt noch keine gefunden, was
die Nächte genau so langweilig wie die Tage
gestaltete. Nacht für Nacht zog ich schwarz
gekleidet in Trainerhose und Kapuzenpulli
nach dem Abendessen umher und kam erst
gegen drei oder vier Uhr in der Früh wieder
zurück, um mich für ein paar Stunden hinzu-
legen. Das brachte mir gegen Ende der Woche
einen Schlafmangel von mehreren Stunden ein,
den ich nur mühselig wegbrachte, indem ich

den Samstagnachmittag und den ganzen Sonntag schlief.

Die nächtlichen Streifzüge hatte ich mir zugegebenermassen spannender vorgestellt. In den Filmen gab es Verfolgungsjagden, Beschattungen und Kämpfe. In der Realität gab es nichts davon. Ich lief durch die ausgestorbene, kalte Stadt und schaute mich um, in der Hoffnung irgendetwas Verdächtiges zu sehen. Ich redete mir ein, dass das daran lag, dass ich noch neu in der Stadt als Superheld unterwegs war und nicht wusste, wo die Schurken ihr Unwesen trieben.

Die Schattenseite des Superheldendaseins war, dass es einsam war. „Mike, die Geschichte vom einsamen Superhelden" würde der Film über mein Leben heissen. Zumindest war das der Fall, bis ich sie in der dritten Woche sah. Die Frau stand im schummrigen Licht der Strassenlampe. Ich erkannte nicht sofort, was los war und als ich es begriff, war es zu spät.

„Hi, bist du alleine?"

„Hi, ja bin ich. Frierst du nicht?"

„Haha nein, ich bin es mir gewohnt. Möchtest du ein wenig Zeit zu zweit haben?"

„Das hört sich gut an. Wie heisst du denn?"

„Ich bin Cindy. Folge mir."

Und da begriff ich erst, was gerade geschah,
aber da ich ihr bereits folgte, war es für einen
Rückzug zu spät. Nicht, dass ich einen machen
wollte.

Cindy hatte kurzes, schwarzes Haar, das
ihr markantes Gesicht perfekt zur Geltung
brachte. Man sah ihr an, dass sie in ihrem Leben
nicht nur gute Erfahrungen gemacht hatte. Ihre
Augen hatten eine fesselnde, bedeutungsvolle
Tiefe, die man nur haben konnte, wenn man die
Welt in all ihren Facetten kannte.

Cindy war sehr dünn. In den viel zu
knappen Kleidern musste sie frieren, aber es
gab keinerlei Anzeichen, dass sie tatsächlich
fror. Sie mochte nicht als Schönheit gelten, dennoch wirkte sie auf mich anziehend. Dazu kam
die Tatsache, dass sie ebenfalls in der Nacht
unterwegs war, die uns verband.

Durch die Hintertür einer leeren Bar
führte sie mich in ein kleines Zimmer, in dem
ein Bett den meisten Platz einnahm. Eine
Lampe war in der Ecke aufgestellt. Sie schien,
um zu scheinen und nicht um Licht zu spen-
den.

Cindy drehte sich um. Sie schaute mich

einen kurzen Moment lang an und zog sich aus. Das hatte ich nicht kommen sehen. Jedenfalls nicht so abrupt. Sie liess ihr Oberteil fallen. Darunter trug sie keinen BH (wäre in ihrem Beruf wohl auch umständlich gewesen). Danach zog sie ihren ledernen Minirock und den Slip aus. Ich stand da und schaute sie lediglich an. Ohne Schuhe war sie deutlich kleiner als ich. Sie machte einen Schritt auf mich zu. Jetzt stand sie vor mir und zog mir zuerst den Kapuzenpulli aus, bevor sie mir die Hose öffnete. Die Boxershorts zog ich dann selbst aus.

Cindy lief kurz zum Bett und kam mit einem kleinen Tütchen zurück. Sie kniete sich hin, zog mir das Kondom mit wenigen gekonnten Handgriffen über und begann zu arbeiten. Es fühlte sich gut an. Ich spürte, dass sie Erfahrung hatte. Bevor ich die Chance hatte zu kommen, stand sie auf. Sie nahm meine Hand und führte mich zum Bett. Dort legte sie sich auf den Rücken und öffnete ihr Beine.

Sie stöhnte leicht. Obwohl es gespielt war, törnte es mich an. Die Stösse wurden immer schneller und stärker, was ihr bestätigte, dass sie alles richtig machte.

Als kurze Zeit später alles vorbei war, zeigte Cindy ohne Worte zur Ecke neben die

Lampe. Jetzt erst bemerkte ich, dass sich dort ein kleiner Abfalleimer befand. Das Tütchen warf ich hinein, nahm meine Kleider vom Boden und zog mich an. Cindy hatte ihre Sachen längst wieder an. Ich bezahlte und lief aus dem kleinen Zimmer. Der Besuch bei ihr war der Höhepunkt der Woche.

52

Cindy ging mir in den kommenden Tagen nicht mehr aus dem Kopf. Noch nie zuvor war ich bei einer Prostituierten gewesen und seltsamerweise hatte mir der Besuch bei ihr gefallen. Ich führte mit mir selbst einen inneren moralischen Kampf aus, welcher zugunsten von Cindy ausfiel. Gesellschaftlich war es nicht gerade angesehen, wenn man für Sex bezahlte. Auf der anderen Seite gehörte ich mit meinen Fähigkeiten sowieso nicht zur Mehrheit der Bevölkerung. Mein Leben war aussergewöhnlich. Ich war für etwas Höheres bestimmt. Ich orientierte mich nicht an der Gesellschaft.

Was für den Besuch bei Cindy sprach, war mein voller Terminkalender. Mit dem Tagesjob, den Trainings und der Nachtaktivität blieb mir keine Zeit, um eine Frau auf konventionellen Wegen kennen zu lernen. Ausserdem hatte ich das versucht, vergeblich. Überdies müsste eine Partnerin dann noch meine nächtlichen Ausflüge tolerieren oder ich müsste sie vor ihr verheimlichen, was sehr schwer sein würde. Das führte mich zur Schlussfolgerung, dass der Besuch bei Cindy in Ordnung war. Mehr noch. Cindy stellte keine Fragen und meine sexuellen Bedürfnisse wurden befriedigt.

53

Das Alleinsein mochte ich überhaupt nicht am Superheldendasein. In den Comics und Büchern war die Einsamkeit nie ein Thema. Aquaman sah man nie deprimiert, wenn er alleine durch die Meere schwamm. Spiderman hing ebenfalls nie verlassen lustlos in den Seilen und Flash flitzte nie einsam melancholisch durch die Strassen. Stellt euch vor ein Verbrechen geschieht und Batman schlenderte einfach niedergeschlagen daran vorbei, weil er sich gerade zu niedergeschlagen fühlt, um einzugreifen. Unvorstellbar.

Ein Grund dafür könnte sein, dass die meisten Superhelden Verbündete hatten, die ihnen Verstärkung gaben. Batman hatte beispielsweise Robin. Sie arbeiteten gemeinsam im Team, was die Arbeit erleichterte. Ich hatte kein Team. Das brachte mich auf die Idee nach Verbündeten zu suchen. Einen hatte ich schon, Frank. Für die Verbrecherjagd war er allerdings wohl nicht der optimale Partner. Frank war eben kein Robin, sondern Frank. Ich brauchte einen Robin.

Samstags und sonntags marschierte ich jeweils mit einem selbstgebastelten Banner durch die Strassen des Zentrums und rief nach Gleichgesinnten. Zuerst noch motiviert erkannte ich schnell, dass diese Vorgehensweise mit grosser Wahrscheinlichkeit erfolglos sein würde. Dennoch blieb ich hartnäckig. Versuchen musste ich es. Wochenende für Wochenende lief ich rufend durch die Strassen.

Parallel dazu überlegte ich mir andere Wege, mögliche Verbündete zu erreichen. Im Internet gab ich Anzeigen auf. Von der Partnersuche wusste ich ja jetzt, wie die Suche funktioniert. Wie für Liebespartner gab es Plattformen, um Spielfreunde, Tierfreunde, Trinkfreunde, Briefmarkenfreunde, Rückwärtsmarathonlauffreunde, Duftkerzen-Schnüffelfreunde und vieles mehr zu finden. Genau so erstellte ich Profile, nur eben suchte ich Superheldenfreunde.

Als Nächstes gestaltete ich Werbeplakate. Ein erfundener Superheld im Comicstil gezeichnet, mir jedoch verblüffend ähnlich, zeigte mit dem Finger auf die Betrachter. Darunter stand in grosser Blockschrift:

„Bist du ein Superheld? Dann suchen wir dich!"

Das Plakat war farblich sehr bunt gemacht, damit es den Leuten ins Auge sprang, ja fast schon hechtete. Es kam einem Pfeilgiftfrosch sehr ähnlich.

Ich liess die Plakate in gross für die Leinwände und klein für in den Trams und Bussen drucken. Während meiner Busfahrten zum „Teatime" beobachtete ich immer wieder interessierte Leute, die meine Aushänge betrachteten. Leider meldeten sich bis auf einige Scherzanrufe niemand bei mir.

„Hallo? Ist da Superman?"

Da bemerkte ich sofort, dass das eine Verarsche war. Manchmal spielte ich jedoch aus Langeweile mit.

„Nein, da ist Aquaman. Wieso?"

„Ähm... dann habe ich falsch verbunden. Petri Heil."

Einen letzten Versuch startete ich mit einer älteren Technik, der Telefonlawine. Ich rief einige Leute an, deren Nummer ich von meinem alten Job im Call Center hatte. Diese fragte ich, ob sie jemanden kannten, der besondere Fähigkeiten besass. Wenn ja, sollten diese Personen am Freitag um Mitternacht zur grossen Eiche im Stadtpark mit dem alten Karussell kommen.

Die Leute, die ich anrief, mussten jeweils zehn weitere Personen anrufen, die dann wiederum zehn weitere Personen und so fort. Wie weit die Telefonkette reichte, konnte ich natürlich nicht sagen, am Freitag wartete ich jedoch alleine unter der grossen Eiche.

Ich stand entmutigt im Schatten des Baums ohne Licht der Strassenlampen. Ich wollte nicht mehr warten und ebenfalls nicht allein sein. Beides hatte ich satt. Ich wusste, niemand würde kommen. Der gesamte Aufwand war vergebens gewesen. Was für eine Scheissnacht. Eine mehr in meinem Leben.

Ich lief los und verliess den Park. Hinter jeder Ecke hatte es Schatten. Ich versuchte sie zu ignorieren. Nur mit meinem Ziel vor Augen schritt ich entschlossen durch die Dunkelheit. Dann fand ich sie in derselben Strasse einige Meter weiter unten als das letzte Mal: Cindy.

Sie erkannte mich sofort.

„Hi. Ich dachte mir schon, dass du wieder kommst."

„Wieso das?"

Ich grüsste sie nicht.

„Weiss auch nicht. Du siehst aus, wie einer der nochmals kommt. Wie einer, der wie ich in der Nacht lebt."

Ich wusste weder von der ersten noch von der zweiten Aussage, was sie meinte, liess es allerdings dabei bleiben. Ohne weitere Worte liefen wir durch denselben Hintereingang ins selbe Zimmer. Im Gegensatz zum letzten Besuch benötigte ich diesmal den Kontakt mehr als den Akt. Ich wollte das Zwischenmenschliche zwischen uns. Der Sex war lediglich ein schöner Nebeneffekt.

Cindy und ich sprachen kaum ein Wort. Das war auch nicht nötig. Die Gesellschaft eines anderen Menschen reichte vollkommen. Als ich fertig war, blieb ich noch einen Moment neben ihr auf dem Bett liegen. Der Moment war länger als angebracht gewesen, dennoch sagte sie nichts. Sie tolerierte es. Langsam atmete ich ein und aus und hörte, wie sie dasselbe tat. Dann stand ich gegen meinen Willen auf, zog mich an und machte mich mit den Worten „Bis zum nächsten Mal" davon. Sie sagte immer noch nichts. Ihr Blick sprach für sich. Sie wusste, dass ich wieder kommen würde.

54

Die Idee, dass ich möglicherweise der Einzige meiner Art auf dieser Welt war, schmetterte mich nieder. Das konnte nicht sein. Ich wollte es nicht wahrhaben. Irgendwo da draussen musste es noch andere wie mich geben. Ich musste sie nur finden. Ich musste mich einfach mehr anstrengen bei der Suche. Ich musste.

Wovon ich allerdings am meisten überzeugt war, ist, dass es irgendwo da draussen einen Counterpart geben musste. Wenn es eine so gewaltige gute Macht wie mich gab, würde es bestimmt irgendwo einen bösen Gegenspieler geben. Es musste in dieser Welt einen würdigen Gegner geben. Die Welt war schliesslich immer im Gleichgewicht. Ich war verpflichtet diesen Bösewicht, oder diese Bösewichte, vielleicht gab es mehrere, zu finden. Womöglich waren sie in meiner Nähe und ich hatte sie bloss noch nicht bemerkt. Ich musste mich einfach mehr anstrengen.

Ich ging auf meinen nächtlichen Streifzug. Die Tage wurden kälter und dunkler. Unter dem dicken Kapuzenpulli zog ich ein zusätzliches Langarm-Shirt und ein Unterhemd an. Eine Jacke war aufgrund der einschränkenden Mobilität keine Option.

Einer meiner Lieblingsposten war das Dach eines Parkings, welches zu jeder Tages- und Nachtzeit geöffnet hatte. Dort schlich ich mich unbemerkt hinein, stieg behutsam die Etagen hoch und verschanzte mich mit dem Fernglas auf dem Dach.

Müde von den langen Nächten sah ich plötzlich eine Gestalt beim nächsten Gebäude vorbeilaufen. Optisch sah sie unauffällig aus, aber ich war mir sicher, dass sie etwas zu verbergen hatte. An der breitbeinigen, breitschultrigen und breitarmigen Gangart musste es ein Mann sein. In seiner Hand hielt er etwas Kleines, dass ich von dieser Distanz aus nicht identifizieren konnte. Da er die Hand immer wieder zum Kopf führte, nahm ich an, dass es ein Walkie-Talkie war. Deckte ich womöglich eine Verschwörung auf?

Ich stand auf und rannte in Superspeed nach unten. Meine Mission war es, herauszufinden, was der Mann vorhatte. Ich durfte keinesfalls scheitern. Als ich aus dem Parking rannte, war er nicht mehr zu sehen. Ich hatte den Sichtkontakt verloren. Ohne langes Zögern sprintete ich die Strasse entlang, in der ich ihn zuletzt gesichtet hatte, in der Hoffnung ihn ein-zuholen. Bei der nächsten Kreuzung hielt ich inne. Ich spähte in alle Richtungen. In der Strasse zu meiner Rechten erblickte ich ihn.

Im Eilschritt verfolgte ich ihn. Hinter den Bäumen und in den Eingängen der Häuser hielt ich mich gedeckt und gleichzeitig versuchte ich, die Distanz zu ihm zu verringern. Dann endlich hatte ich ihn eingeholt. Ich schritt unbemerkt von hinten an ihn heran, um ihn festzunehmen, als ich endlich erkennen konnte, was er in seiner Hand hatte. Eine Bierflasche. Im letzten Augenblick drehte er sich um und schaute mich an. Ich schaute zurück. Dann fragte er mich lal-lend:

„Hast du ein Problem?"

Ich antwortete nicht. Ich wusste es nicht. Hatte ich ein Problem? Ich wusste es wirklich nicht. Ich dachte nicht, doch ich war mir unter-dessen nicht mehr sicher. Über die Antwort musste ich mir erstmals Gedanken machen. Der Beschattungsversuch war jedenfalls missglückt. Jetzt im Nachhinein muss ich sagen, dass ich die Anzeichen hätte erkennen müssen, dass er betrunken gewesen war. Er war schon sehr breit gewesen.

Nach dieser Aktion beendete ich meinen Streifzug. Das war ein Reinfall gewesen. Mein Gefühl aber sagte mir, dass schon bald ein richtiger Fall auf mich wartete. Das Böse existierte und ich wusste es.

Frank wartete zuhause bereits und hatte einen kleinen Snack für mich vorbereitet. Spinattaschen. Wasserspinat. Auf dem Sofa schlief ich mit den Taschen in der Hand ein. Frank wünschte mir liebevoll eine gute Nacht und deckte mich zu.

55

Die Arbeit rief und mein innerer Superhelden-antrieb liess mich gerade im Stich. Die Trainings und langen Nächte hinterliessen ihre Spuren. Mein Körper war erschöpft. Ein Besuch bei Cindy würde mir da sicher guttun. Den konnte ich allerdings erst nach getaner Arbeit im „Teatime" am Abend machen.

Ich servierte um die zwanzig Grüntees und drei Jasmin Tees. Mehr hatte ich nicht zu tun. Es war ein langweiliger, ruhiger Tag. Es blieb viel Zeit zwischen den wenigen Gästen, sodass meine Chefin Katja mich in die Beratung einführen konnte.

Katja erklärte mir die verschiedenen Teesorten und wie sie verwendet wurden. Vieles davon hatte ich mir durch den Service bereits unbewusst angeeignet, doch Katjas Ausführungen waren natürlich viel detaillierter im Vergleich zu meinem Wissen. Das imponierte mir. Des Weiteren liess mich das annehmen, dass ich bald in die Kundenberatung durfte, worauf ich mich freute.

Cindy besuchte ich vor dem nächtlichen Rundgang. Anders als sonst, traf ich sie nicht auf der Strasse, sondern ging direkt durch die Hintertür der Bar zu ihrem Zimmer. Sie sass auf dem Bett und schminkte sich.

„Bist du frei?"

„Normalerweise beginne ich meine Arbeit erst in einer halben Stunde, aber für dich mache ich gerne eine Ausnahme."

Nach dem Akt bezahlte ich und zog davon, auf zu meinem Rundgang. Ungewöhnliches entdeckte ich diesmal nichts, was mir Zeit zum Nachdenken verschaffte. In meinem Kopf spielte ich nochmals die gestrige Szene durch.

Die Bierflasche hätte ich erkennen müssen. Dann wäre der falsche Verdacht nie passiert.

Ich brauchte eine geeignetere Ausrüstung. Mit der passenden Ausstattung hätte ich die Flasche erkannt. Mit meinem Fernglas und einem alten Taschenmesser bewaffnet lief ich wie ein Amateur durch die Strassen. Das musste aufhören. Ich musste endlich ernst genommen werden. Schon bald war Wochenende, dann konnte ich mich darum kümmern.

56

In der darauffolgenden Nacht war ich nicht weniger müde, zwang mich aber dennoch zum Überwachungsrundgang. Ich war mir sicher, dass diesmal etwas Aussergewöhnliches passieren würde. Ich konnte es mit meinen geschärften Super-Sinnen spüren.

Während des Abendessens hatte ich mir eine neue Route ausgedacht, damit ich alle zwielichtigen Orte der Stadt abdecken konnte. Diese Route lief ich nun ab.

In der Nacht herrschte ein leichter Regen, der nach zwei Stunden meinen Kapuzenpulli komplett durchnässt hatte. Meine langen Engelshaare begannen sich mittlerweile unter der Kapuze zu wellen. Ich musste eine bessere, funktionellere Lösung für meinen Pullover finden. Ich schrieb das zur To Do-Liste für das Wochenende, zusammen mit der passenden Verbrecher-Bekämpfungs-Ausrüstung.

Noch während ich die Notiz auf meinem Handy eintippte, kreuzte mich ein Mann, ebenfalls mit Kapuzenpulli. Wieso wusste ich nicht, doch ich schaute ihm in der Dunkelheit hinterher. Ich wollte mich bereits wieder umdrehen, als er einen handgrossen Gegenstand über den Gartenzaun des Hauses zu seiner Linken warf. Er hatte versucht, das so unauffällig wie möglich zu tun, aber mit meiner Supersehstärke konnte ich es klar und deutlich erkennen. Das war mein Einsatz. Ich musste schnell handeln. Womöglich war das eine Bombe.

Mit meinem Superspeed war ich in wenigen Sekunden beim unbekannten Objekt. Vorsichtig näherte ich mich ihm. Der Gegenstand lag im grasigen Vorgarten des Familienhauses. Gekonnt sprang ich, ohne mich abzustützen, über den hüfthohen Zaun in den Wildwuchs. Einen Gärtner hatte die Familie offensichtlich keinen.

Beim Objekt angekommen sah ich, was es war. Es war eine leere Cola-Dose. War für ein

Reinfalll. Nichts Gefährliches oder Ungewöhnliches. Eine Scheiss-Cola-Dose. Dabei spürte
ich, dass sich ein Verbrechen anbahnte. Und ich
wusste, dass ich mich nicht irrte. Ich war mir
absolut sicher.

Enttäuscht stand ich im matschigen Gras
vor der roten Dose, als sich das Fenster über
mir im ersten Stock öffnete. Offenbar war noch
jemand wach und hörte Musik. Das Lied kam
mir bekannt vor.

„In restless dreams I walked alone
Narrow streets of cobblestone,
`Neath the halo of a street lamp."

Im spärlichen Licht der Strassenlampen setzte
ich meinen Rundgang fort. Ich hatte noch
geschätzte eineinhalb Stunden vor mir. Meine
Kleidung wurde dabei nicht trockener und mir
nicht wärmer.

Zuhause angekommen zitterte ich vor
Nässe. Ich zitterte selbst in meinem Bett noch
eine Weile weiter, bevor ich einschlief. Frank
sagte kein Wort, sondern schaute mich nur
stumm durch das dicke Aquariumglas an. Er
spürte, dass mit mir etwas nicht in Ordnung
war.

57

Im „Teatime" fragte mich Katja, ob es mir nicht gut ginge, da ich angeblich blass aussah. Die Nachtarbeit hinterliess offenbar auch tagsüber sichtbare Spuren, doch zum Glück war Freitag. Am Wochenende würde ich endlich ein wenig Schlaf nachholen können und meinen körperlichen und geistigen Zustand stärken.

Freitags hatten wir üblicherweise viele Gäste, die sich in der Mittagspause verwöhnen lassen oder das Wochenende einläuten wollten. Immer mehr Teetrinker und Teetrinkerinnen stürmten in das „Teatime". Schon bald waren alle Plätze besetzt und ich lief, so schnell ich konnte, von Tisch zu Tisch, entweder um die Bestellungen aufzunehmen oder die Getränke und Häppchen zu servieren. Der Wasserkocher lief auf Hochtouren. Er kochte ununterbrochen und dennoch war er zu langsam. Immer wieder mussten Katja oder ich warten. Das hiess, dass die Gäste ebenfalls warteten, was wiederum deren Stimmung dämpfte.

Ich stand vor dem Wasserkocher. Ein Tisch mit vier Gästen wartete auf ihre Tees. Ich hatte Eile und alles, was ich tun konnte, war warten. Das Wasser wollte einfach nicht kochen. Vor dem Wasserkocher stehend und ihn mit meinem Blick fixierend, fluchte ich immer heftiger vor mich hin, je länger das Wasser aufkochte. Die Zeit schien sich mittlerweile ins Unendliche zu dehnen.

Als ich das Warten endgültig satthatte, bündelte ich meine gesamte Willenskraft und stellte mir vor, wie es kochte. Mein gesamter Fokus war auf das Wasser gerichtet. Zusätzlich schloss ich die Augen. Das verlieh meinem Fokus die absolute Konzentration. Meine innere Energie übertrug sich auf den Kocher. Ich spürte, wie sie von mir auf das Gerät übertragen wurde. Sie floss von mir auf den Kocher und weiter auf das Wasser darin.

Ich öffnete die Augen und wie durch ein Wunder war das Wasser am Kochen. Ich konnte es kaum glauben. Konnte ich etwa doch das Element Wasser beeinflussen? Immer und immer wieder beeinflusste ich den Wasserkocher den Tag hindurch. Eine weitere Superkraft war in mir erwacht. Was für eine glorreiche Wendung, um die öde Arbeitswoche abzuschliessen.

58

Ich musste meine Entdeckung mit jemandem teilen. Jemand anderes als Frank, und es gab nur eine Person, mit der ich Feiern konnte. Sie war überrascht mich zu sehen.

„Ich hatte nicht erwartet, dich schon wieder zu sehen."

„Ich weiss, ich war noch nie zweimal in der Woche bei dir, aber ich musste dich sehen."

„Das finde ich schön", sagte Cindy mit ihrer süssen Honigstimme. Nach dem Grund fragte sie allerdings nicht. Ich antwortete ihr trotzdem.

„Nun ja, wie soll ich es dir sagen... ich ... ähm ... bin ein Superheld. Ich habe bestimmte Superkräfte."

„Das hört sich gut an. Die habe ich nämlich auch."

Mit diesen Worten begann sie sich auszuziehen. Ich mochte, wie sie zuerst sich und dann mich vorsichtig eines Kleidungsstücks nach dem anderen entledigte. Sie zelebrierte das Entkleiden wie ein Ritual und ging dabei sorgsam wie mit einer Porzellanvase um. Cindy verstand mich. Sie wusste, was ich brauchte. Bei ihr fühlte ich mich geborgen. Sie war mein Ort der Sicherheit, meine Zufluchtsstelle.

So gerne ich bei Cindy geblieben wäre, ich konnte nicht. Meine Pflichten warteten. Das Böse hingegen nicht. Ich musste es finden, bevor etwas Schlimmes passierte. Den Rundgang hatte ich aufgrund meiner Müdigkeit leicht angepasst. Als ich mich von Cindy entfernte, war ich früher als üblich unterwegs. Der Himmel war noch fast in seinem Tagesblau, doch das Dunkel wartete bereits hinter den Wolken.

Im dritten Stadtviertel, in dem ich patrouillierte, kam von hinten ein Mann angerannt, rempelte mich an und hetzte weiter. Dank meiner unverwüstlichen Unversehrtheit blieb ich unverletzt. Jemand anderen hätte er womöglich zu Boden gerissen und verwundet. Mich liess das allerdings unbeeindruckt. Er rannte auffällig schnell und sein knielanger Ledermantel half nicht gerade, unscheinbar zu bleiben.

Das war mein Signal. Ich rannte ihm hinterher. Er war sehr schnell. Der Abstand vergrösserte sich. Aufgrund der anderen Leute auf dem Bürgersteig musste ich immer wieder ausweichen. Er hingegen rannte geradewegs durch alle Leute hindurch. Das verschaffte ihm einen Vorteil. Dann gipfelte sein Glück an einer befahrenen, schmalen Strasse, wo die Fussgänger-Ampel kurz vor ihm auf Grün wechselte.

Ich legte vergebens einen Sprint hin, denn die Ampel wechselte Sekunden vor mir auf Rot zurück. Die Autos fuhren gerade erst an, doch eine Fahrradfahrerin startete schneller. Sie war zur selben Zeit am Fussgängerstreifen angelangt wie ich. Mit meinem Superspeed war ich nicht mehr in der Lage rechtzeitig zu bremsen und sprang instinktiv über sie und weiter, dem Verdächtigen hinterher.

Der Unbekannte wurde langsamer. Das machte mich stutzig. Schliesslich hielt er komplett an. Erstaunt blieb ich ebenfalls stehen. Ein Bus kam, hielt und der Mann stieg ein.

Der Mann hatte an einer Bushaltestelle angehalten. Sein Sprint hatte lediglich den Zweck gehabt, den Bus rechtzeitig zu erwischen. Einmal mehr wurde ich getäuscht und enttäuscht. Es war weder eine Spur des Bösen noch ein Verbrechen, dem ich hinterhergerannt war. Alles vergebens. Den Kopf nach unten hängend mit dem Blick auf den harten, kalten Steinboden trottete ich mutlos nach Hause. Während des ganzen Weges sagte ich mir immer wieder, dass ich nicht aufgeben durfte. Ich hatte eine Bestimmung und die musste ich wahrnehmen.

59

Ich war froh, dass Wochenende war, dann konnte ich mich nach der gestrigen Blamage mit anderen Dingen ablenken. Ich ging trainieren. Mein Körper musste gestählt werden. Ich musste stärker werden.

Das Training wurde von Mal zu Mal anstrengender. Der Schweiss tropfte mir von der Stirn, doch ich preschte weiter auf meinen Gegner ein, bis er das Zeichen gab, dass er aufgab. Ich hatte gewonnen. Obwohl es lediglich ein Sparring gewesen war, war es für mich die Vorbereitung für den Ernstfall. Ich nutzte jede Übung, um über mich hinaus zu wachsen. Jede Trainingseinheit brachte mich ein Stück weiter.

Nach dem Intensivtraining gönnte ich mir zur Erholung ein Schaumbad. Mein lädierter Körper benötigte Pflege. Mit Frank planschte ich im heissen Wasser und genoss die Wärme. Als der Schaum das Wasser bedeckte, spielten wir Verstecken. Der kleine Goldfisch war flink und unter dem vielen Schaum nicht einfach zu entdecken. Meistens fand ich ihn aber dennoch. Ich vermutete allerdings, dass er mich gewinnen liess.

Erholt vom Bad setzte ich mich mit Stift und Block hinter den Laptop. Ich wollte beides zur Hand haben. Man wusste ja nie, was man brauchte. Zuerst widmete ich mich der Ausrüstung. Ich musste herausfinden, welche Geräte und Utensilien mir einen Vorteil im Kampf gegen das Böse verschaffen konnten. Das Fernglas war eindeutig nicht optimal für den Nachteinsatz. Dafür brauchte ich etwas Besseres.

Nach kurzer Suche fand ich in einem Online-Survival-Shop eine Auswahl von Nachtsichtgeräten. Ich bestellte ein kleineres, leichteres Modell, das mich nicht hindern sollte, falls es zu einer Verfolgungsjagd oder einem Zweikampf kam.

Des Weiteren überlegte ich mir, ob ich eine Waffe benötigte. Einen Gegenstand, den ich im Kampf einsetzen konnte. Ich wusste hierbei nicht einmal, wo ich mit der Suche anfangen sollte. Einen Schild konnte ich ausschliessen. Bei Captain America mochte das gut aussehen, aber mich würde ein Schild bloss beeinträchtigen.

Ebenfalls ausschliessen konnte ich Pfeil

und Bogen. Sicher wären die sehr praktisch zum Kämpfen und bei Green Arrow und Hawkeye sahen der Umgang damit immer sehr elegant aus, aber Bogen und Köcher immer mitzuschleppen war mir zu umständlich.

Da eine meiner Kräfte Wasser aufkochen war, kam ich kurz auf die Idee, mir einen Dreizack anfertigen zu lassen. Nach einem kurzen Blickabtausch mit Frank liess ich das allerdings sein.

Stunden vergingen und die passende Ausrüstung war bis auf das Nachtsichtgerät nicht gefunden. Die Zeit lief mir davon. Hastig ass ich einen Teller Reis an einer Tomatensauce, die ich im Schrank gefunden hatte. Selbstverständlich brachte ich das Wasser für den Reis mit meinen Kräften zum Kochen. Während ich auf den Reis wartete, bestellte ich eine neue Lieferung Lebensmittel aus dem Supermarkt-Online-Shop. Die Schränke meiner Küche knurrten vor Leere.

Nach dem Essen begann ich meinen obligatorischen Rundgang. Bedauerlicherweise verlief er ruhig. Meines Erachtens zu ruhig. Irgendetwas machte ich falsch. Die Verbrecher und Gangster waren da. Womöglich suchte ich nur an den falschen Orten. Bisher vermutete ich das Böse dort, wo die meisten Leute waren. Ich nahm an, dass die Schurken sich unter die anständigen Bürger mischten, wie ich es tat. Womöglich lag ich falsch. Womöglich waren die Bösewichte keine normalen Bürger und wollten sich auch nicht so geben. Das musste ich überdenken.

60

Da Sonntag war, schlief ich einige Stunden länger als üblich. Somit hatte ich mein Schlafdefizit verringert, jedoch noch lange nicht aufgeholt. Die nächste Frage holte mich jedoch aus meinem Nickerchen. Welche Verkleidung passte zu mir und erfüllte ihren Zweck optimal?

Meine Gedanken fingen an, um die Verhüllung des Kopfs zu zirkulieren. Wollte ich meinen Kopf ganz verdeckt haben oder nur teilweise und dafür eine Maske tragen? Oder sollte ich den Kopf ganz frei lassen wie Superman?

Ich wollte verhüllt sein, weshalb ich Letzteres ausschloss, und entschied mich für eine Maske mit Ohren. Batman war mit Abstand der coolste Superheld von allen und der hatte an seiner Maske ebenfalls Ohren. Auf dem Notizpapier zeichnete ich mit dem Stift verschiedene Entwürfe.

Vom Kopf an abwärts wurde die Anzuggestaltung leichter. Alle coolen Superhelden wie Batman, Superman, Shazam oder Robin, der ich jedoch keinesfalls bin, denn ich bin die Hauptfigur und kein Nebenheld, hatten einen Umhang. Aber ob das jetzt bedeutete, dass ich ebenfalls einen benötigte? Ich war mir ziemlich sicher, dass ein Cape meine Bewegungsqualität einschränken würde.

Womit ich überhaupt nicht klar kam, war der Gedanke, Strumpf- oder Lederhosen zu tragen. Beide Vorstellungen gefielen mir überhaupt nicht. Und die Situation war richtig verzwickt, denn ich brauchte Hosen, die meine Mobilität unterstützten, und viele Alternativen gab es nicht. Ich konnte mir nicht vorstellen, das Verbrechen der Stadt in Trainerhosen zu bekämpfen. Nach einem inneren Boxkampf entschieden die Leggins die Partie in der sechsten Runde für sich.

Die vielen Überlegungen machten mich müde. Die Zeit reichte gerade für einen knappen Powernap, bevor ich zu meinem Rundgang aufbrechen musste. Da ich viel zu erschöpft war, um wachsam zu bleiben, verursachte ich um ein Haar einen Unfall.

Beinahe wurde ich von einem Auto angefahren, das aus der Seitenstrasse herausgeschossen kam. Ich war zu müde, um es zu bemerken. Glücklicherweise konnte ich das Auto mit meiner unglaublichen Muskelkraft mit meinen blossen Händen in letzter Sekunde bremsen. Mit einem kleinen Schock kam ich glimpflich davon. Zu Hause im Bett schlief ich auf der Stelle ein und hoffte, dass meine Seele und der Körper sich endlich regenerieren konnten.

61

Einen Punkt auf der To Do-Liste hatte ich am Wochenende nicht erledigen können. Ich hatte vorgehabt, über meinen Rundgang und die möglichen Verbrecherorte nachzudenken. Da die Kostüm- und Ausrüstungsentwürfe zu viel Zeit beansprucht hatten, kam ich allerdings nicht mehr dazu. Dafür hatte ich während des Teeservierens genügend Zeit, mir darüber Gedanken zu machen.

In Filmen waren die Schurken immer an düsteren Orten wie beispielsweise einem Hafen, Bahnhöfen, zwielichtigen Bars oder

Clubs. Die Stadt hatte keinen Hafen, weswegen ich den ausschliessen konnte. Dass ich jede lichtarme Gegend der Stadt ausfindig machen und durchsuchen konnte, überstieg meine Kapazitäten. Aus diesen Gründen musste ich eine Auswahl treffen und konzentrierte ich mich auf die Bars und Clubs. Fiese Deals in Hinterzimmer von dubiosen Etablissements sah man jedenfalls häufig in Filmen und davon gab es in der Stadt eine gute Handvoll.

62

Der angepasste Rundgang in der Nacht brachte einen erhöhten Nervenkitzel mit sich. Ich erwartete, in eine brenzlige Situation zu geraten und meine geschärfte Intuition täuschte mich nicht.

In einer Rocker-Bar am Stadtrand beobachtete ich eine Schlägerei. Die in Leder-montur gekleideten Männer schlugen unkoordiniert aufeinander ein. Dank meines Trainings und meinen Superkräften konnte ich beide Männer mit wenigen Handgriffen hand-lungsunfähig machen. Beide lagen stöhnend am Boden. Zugegeben, es waren auch einige Fussgriffe dabei gewesen. Den einen drückte ich mit meinem Knie runter, den anderen hielt ich mit dem Arm auf dem Rücken verdreht und auf dem Bauch liegend fest.

Plötzlich kam der Barkeeper auf mich zugerannt. In seinen Händen hielt er einen Baseballschläger. Er beschimpfte mich als Freak und befahl mir, sofort zu verschwinden. Ich stand völlig perplex vor Überraschung vor dem Barkeeper. Mit dieser Reaktion hatte ich keinesfalls gerechnet. Dankbarkeit oder Wertschätzung wären es gewesen, was meinen Erwartungen entsprochen hätte. Stattdessen wurde ich weggejagt.

Langsam stand ich auf und lief perplex zum Ausgang. Ich wurde aus meiner eigenen Stadt vertrieben. Das Superheldenleben war kein Erfreuliches. Das musste ich erstmals verdauen.

Dass ich in meinem eigenen Revier nicht akzeptiert wurde, machte mir zu schaffen. Ich lief nach Hause, ging zu Bett und blieb dort bewegungslos liegen. Frank versuchte vergeblich, mich zu trösten.

Am nächsten Morgen meldete ich mich krank. Mein Job konnte warten und das Teewasser konnte ebenfalls mit dem Kocher erhitzt werden. Schliesslich leben wir in einem Zeitalter mit Strom.

Abwechslungsweise lief ich vom Bett zum Kühlschrank zum Sofa und wieder zurück, allerdings nicht immer in dieser Reihenfolge. Der Kühlschrank war ein häufiges Ziel, jedoch nicht, um Essen zu holen, sondern Getränke. Ich hatte Lust auf Alkohol. Nach mehreren Monaten wurde mein Bedürfnis nach Bier wieder geweckt.

Den Alkohol war ich mir nicht mehr gewohnt. Das Gefühl der leichten Trunkenheit kam mir aber immer noch vertraut vor, und ebenso das der totalen Besoffenheit. Irgendwann war ich nicht mehr in der Lage aufzustehen, also lag ich wie betäubt auf dem Sofa.

Es machte alles keinen Sinn, etwa so, wie wenn man versuchen würde, menschenfressende Zombies kindergerecht zu machen. Ich, der Superheld der Stadt, wurde weder beachtet geschweige denn mit Wertschätzung belohnt. Nach alledem, was ich für die Stadt machte, hatte ich es nicht verdient, auf diese Weise behandelt zu werden. Mit meinen Fähigkeiten und Heldentaten müsste eigentlich schon lange etwas Glorreiches über mich in der Zeitung geschrieben worden sein. Inzwischen müsste ich ein gefeierter Nationalheld oder zumindest

Regionalheld sein. Nein, auf solche Art behandelt zu werden, hatte ich definitiv nicht verdient.

Das allerschlimmste waren die Worte gewesen. Wie kam der bekloppte Barkeeper dazu, mich einen Freak zu nennen. Dabei hätte er mich erkennen müssen. Ich, der Held, der für Gerechtigkeit sorgte. Super-Mike (oder Captain Mike? An der Namensfindung arbeitete ich noch). Er hätte mir danken müssen. Er hätte mich mit Handkuss empfangen und entsprechend würdigen sollen.

Ich torkelte zur Fernbedienung und drückte einige Tasten. Welche konnte ich nicht sagen. Die Tasten sahen in meinem Zustand alle gleich aus. Ein Ton erfolgte. Bild erschien jedoch keines, was mir aber egal war. Mit farbigen, bewegten Bildern wäre ich wahrscheinlich eh überfordert gewesen. Der Ton war ein Lied, das mir bekannt vorkam.

> „And in the naked light I saw
> Ten thousand people, maybe more.
> People talking without speaking,
> People hearing without listening,
> People writing songs that voices never share

And no one dared
Disturb the sound of silence."

Dazu fiel ich in einen tiefen, komatösen Schlaf,
in dem ich einen vagen Traum hatte. Um was es
darin ging, konnte ich nicht sagen. Alles war
unklar und unscharf gewesen. Es war, als hätte
ein Schatten darüber gelegen.

63

Ich wachte mitten in der Nacht auf. Die Bedeu-
tung von Tag und Nacht waren in den letzten
Monaten sowieso durcheinandergeraten. Am
Tag schlief ich und in der Nacht arbeitete ich.
Heute war das nicht anders.

Ich stand in der Dunkelheit auf und an
die frische Luft zu kommen, würde mir nicht
schaden. Ich besuchte Cindy. Sie brachte es
jedes Mal zustande, dass ich mich danach
besser fühlte. Sie war perfekt. Als sie mich sah,
lächelte sie sanft.

„Hey."

„Hey."

„Du siehst müde aus."

„Das bin ich auch. Meine letzten Tage

waren nicht gerade berauschend."

Abgesehen vom Alkoholrausch, aber das behielt ich für mich.

„Dann lass mich deinen heutigen Tag besser machen."

Mit diesen Worten nahm sie mich in den Arm. Diesmal zog sie zuerst sich aus, dann mich. Das Ausziehen war jedoch nicht wie bisher spektakulär oder aufregend. Diesmal ging es lediglich ums Zusammensein. Wir hätten gerade so gut unsere Kleidung anbehalten können.

Wir lagen nackt beieinander. Die Szene fühlte sich intimer an als üblich. Es war, als ob sie mich kennen würde. Als ob sie mich wirklich wahrnahm als den Menschen, der ich war. Dabei wusste sie so gut wie nichts von mir. Und sie fragte auch nie. Es war ihr egal, was ich in meiner Vergangenheit getan hatte. Sie akzeptierte mich, wie ich war. Das Einzige, was zählte, war die Gegenwart, die Momente, die wir gemeinsam hatten. Ich legte das Geld auf das Bett und drehte mich zu ihr um.

„Danke."

Sie sagte nichts. Sie nickte bloss. Selbst jetzt war sie perfekt. Ich verschwand.

Als ich zu Hause auftauchte, war es spät in der Nacht. Immer noch war ich sehr müde. Das viele Schlafen tagsüber hatte mich noch müder gemacht. Meinen Schlafmangel hatte ich zwar ein kleines Bisschen abgebaut, doch der immer wechselnde Tagesrhythmus hinterliess Spuren.

Hellwach lag ich in meinem Bett und dennoch kam es mir vor, als wäre ich in einem Traum. Meine Gedanken kreisten in der Leere und liessen mich nicht zur Ruhe kommen. Der Sinn meines Daseins war mir nicht mehr bewusst. Wofür existierte ich? Mit offenen Augen erwartete ich den Morgen, der die Dunkelheit vertrieb. Als er dann die lange Nacht durchbrach, fielen meine Augen zu und ich fand endlich etwas Erholung in meiner Verlorenheit.

64

Ich wachte müder auf, als ich eingeschlafen war, doch aufgrund meiner immer noch kreisenden Überlegungen bemerkte ich das nicht. An das „Teatime" hingegen verschwendete ich keinen Gedanken. Katja sagte ich nach wie vor, ich sei krank und läge mit Fieber im Bett.

Immerhin stimmte die Hälfte meiner Lüge. Ich lag im Bett.

Meine Gedanken kreisten um die komplexe Frage nach dem Sinn meines Superheldendaseins. Die Antwort war nicht eindeutig. Es gab mehrere Ansichten, Überlegungen und demnach auch Schlussfolgerungen.

Eine meiner relevantesten Überlegungen war, wieso ich begonnen hatte, ein Superheld zu sein. Ich wollte den Menschen helfen. Ich glaubte fest daran, einen Beitrag leisten zu können, um die Stadt sicherer zu machen. Genauso gut könnte ich meine Fähigkeiten geheim halten und nur für meine eigene Zwecke nutzen. Dadurch könnte ich mir im Alltag erhebliche Vorteile verschaffen. Aus ethischen Gründen entschloss ich mich jedoch dagegen.

Die logische Folgefrage war, ob sich meine Beweggründe geändert hatten. Nach wie vor wollte ich meine Stadt und die Leute auf die bestmögliche Weise unterstützen. Meine Absichten hatten sich demnach nicht geändert. Das hiess für mich, dass ich weitermachen sollte. Das wäre die logische Folgerung gewesen, aber so einfach war das nicht. Etwas Essentielles hinderte mich an dieser Annahme.

Obwohl ich weitermachen wollte, konnte ich nicht beantworten, ob meine Beweggründe wirklich die Richtigen waren.

Womöglich ging ich die ganze Verbrechersuche falsch an. Unter Umständen suchte ich auf die falsche Art und Weise. Ich brauchte Zeit, um meine Fragen zu beantworten, denn grundsätzlich ging ich davon aus, dass ich in irgendeiner Weise im Kampf des Guten gegen das Böse eine Schlüsselrolle innehatte. Abgesehen davon wurden Batman und Superman ebenfalls schon für Verbrechen verdächtigt, sind in Ungnade bei den anständigen Bürgern gefallen und haben deren Verachtung zu spüren bekommen. Deshalb sollte mich das neuliche Ereignis mit dem Barkeeper nicht aufhalten.

Mit diesem Entschluss setzte ich mich mit einem Stift hinter den Block, der noch im Wohnzimmer lag. Ich zeichnete, skizzierte und entwarf meinen Superheldenanzug. Mit all meinen angestauten Ideen fiel mir das Zeichnen einfach. Der Stift bewegte sich fast wie von alleine. Meine Gedanken übertrugen sich auf ganz natürliche Weise aufs Blatt und ich vergass die Zeit komplett. Alles, was um mich herum geschah, bemerkte ich nicht. Ich nahm nicht einmal wahr, dass Frank den Fernseher angemacht hatte und nun auf dem Sofa TV schaute. Es gab nur mich, den Stift und den Block.

Mit einfachen Linien fing ich an, dann verbanden sich immer mehr Striche auf dem Blatt und Formen begannen, sich zu bilden. Die eine oder andere Einzelheit musste ich ausbessern oder neu zeichnen, aber insgesamt war es, als wüsste meine Hand, was sie zeichnen sollte. Sie führte erstaunlich präzise aus, was mein Kopf noch nicht einmal in klare Gedanken fassen konnte. Die Details wurden immer wie zahlreicher und das Bild deutlicher. Die Skizze vervollständigte sich. Dann war sie fertig.

Das Resultat war überwältigend. Es war der schönste Superheldenanzug, den ich je gesehen hatte. Er war makellos, sowohl von seiner Funktionalität als auch von der Ästethik. Nie zuvor hatte ich einen schöneren und cooleren Anzug gesehen. Er war umwerfend.

Ich beauftragte sogleich die besten und teuersten Schneider der Welt, den Superheldenanzug zu nähen. Mit dem Entwerfen des Anzugs war der ganze Tag vergangen. Selbst das aufkommende Hungergefühl hatte ich nicht bemerkt. Jetzt erst hörte ich das Knurren in meinem Magen. Ich bestellte mir eine Pizza, die ich viel zu schnell ass und legte mich wieder zurück ins Bett. Mit einer tiefen Zufriedenheit schlief ich ein.

65

Der Superheldenanzug war in Bearbeitung. Nach diversen E-Mails und Telefongesprächen konnte die renommierte Schneiderei endlich mit der Anfertigung beginnen. Ich erwartete tägliche Updates und bei Komplikationen eine sofortige Berichterstattung.

Mein Zustand war unterdessen gut genug, um wieder arbeiten zu können. Katja hatte mich vermisst und freute sich, dass ich wieder da war. Ich meinerseits konnte das nicht behaupten. Immerhin lenkte das Arbeiten mich von meinen Fragen ab, die mich immer noch verfolgten und von den rettenden Antworten war keine Spur in Sicht. Damit ich baldmöglichst wieder einen erleuchteten Kopf hatte, stellte ich vorübergehend meine nächtlichen Rundgänge ein.

Das Karatetraining hatte ich nicht vergessen, doch ich fühlte mich nicht nach körperlicher Betätigung, weshalb ich das Training einige Tage aussetzte. Absetzen wollte ich es aber auf keinen Fall. Ich wollte mich lediglich einige Tage erholen, um neue Kräfte zu generieren, und dann würde ich motivierter denn je weiterfahren.

Den Abend verbrachte ich Popcorn mampfend mit Frank vor dem Fernseher. Wir sahen uns den Film „Avengers Endgame" an. Der Film war Spitzenklasse. Das Beste daran war, dass er uns über drei Stunden von unseren Alltagsproblemen ablenkte. Dazu tranken wir einige Biere. Die Biere tauschten wir dann gegen Wein und den wiederum gegen Wodka ein. Es war ein angenehmer Abend fern von Gut und Böse.

66

Im „Teatime" vergingen die Tage und der Freitagabend war schnell da. Ich beschloss, wieder einmal tanzen zu gehen. Ich wollte mich bewegen und alles vergessen, meine Befangenheit ablegen und ausbrechen. Ich wollte mich frei fühlen. Ich wollte mich fühlen wie früher.

Das „Aces" war gut besucht. Die Stimmung war ausgelassen, zumindest meine alkoholisierte. Die anderen nahm ich nicht wirklich wahr. Nicht einmal die Frauen interessierten mich. Ich war glücklich mit Cindy und wollte das so belassen. Zwischen Bar und Dancefloor wechselte ich immer wieder. Durch das Training hatte ich eine gute Kondition entwickelt, was mich länger am Tanzen hielt als üblich. Es war eine gute Nacht.

Dann passierte plötzlich etwas Unerwartetes, ohne es auf Anhieb zu begreifen. Ich verstand die Szene nicht sofort. Sie geschah unauffällig unter den Augen aller Partygäste auf eine subtile Art und Weise, wie sie einem leicht entgehen könnte. Nur durch meine Supersehstärke und meinen Scharfsinn erkannte ich die Szene, wenn es auch einen Augenblick dauerte, das Geschehene zu verarbeiten.

An der Bar wartete ich auf eine Bedienung, um einen weiteren Drink bestellen zu können. Eine Armlänge von mir entfernt kam ein muskulöser Mann in einem grauen Anzug an den Tresen. Unter dem Anzug trug er ein weisses T-Shirt. Sein Gesicht sah sonnengebräunt aus. Entweder besucht er das Solarium oder war gerade in den Ferien gewesen. Der Mann wäre mir nicht aufgefallen, hätte er zu seinem schicken, massgeschneiderten Anzug, dem schlechten Rasierwasser und dem künstlichen Braun im Gesicht, nicht Sportschuhe getragen. Die passten überhaupt nicht zu seinem restlichen Outfit zusammen.

Der Kellner sah ihn und lief sofort zu ihm, was eine Frechheit war, denn ich wäre vor ihm an der Reihe gewesen. Der Mann sagte zum Barkeeper einige Worte, die ich nicht verstehen konnte, die mein Vorstellungsvermögen wie folgt ergänzte:

„Riech mal. Das ist mein neustes Rasierwasser. Es heisst „Eau de Klo"."

Oder:

„Ich kenne da ein gutes Geschäft für Sportschuhe. Die miserable Beratung kriegst du gratis zu jedem paar Schuhe."

Oder:

„Rate Mal wie das Braun in meinem Gesicht heisst? Schei..."

Mein Kopfkino wurde unterbrochen, denn der Barkeeper drehte sich um, lief ein paar Schritte und widmete sich einigen Flaschen zu. Ohne

216

Worte stellte er die Flaschen um, ordnete sie neu an und rückte einige Gläser zurecht. Der Mann im Anzug hatte demnach keinen Drink bestellt. Aussergewöhnlich. Meine Empörung wandelte sich in Neugier um.

Was hatte der Solariumtyp dem Barkeeper bloss gesagt. Auf die Weise, wie die Szene abgelaufen war, hatte er ihm bestimmt keinen guten Abend gewünscht. Als ich mich zum Mann im Anzug umdrehte, war dieser weg. Ich hatte den Vorfall zu spät verstanden. Der Mann war nirgends mehr im Club zu sehen. Ich durchsuchte alle Räume und durchlief alle Ecken. Vergebens. Der Mann war weg.

67

Am Samstag dachte ich den ganzen Tag über die gestrige Szene nach und je mehr ich nachdachte, desto sicherer wurde ich mir, dass etwas daran faul gewesen war. Der Mann im Anzug hatte nicht ausgesehen wie die übrigen Gäste, die ausgelassen gefeiert hatten. Er hatte etwas Ernstes an sich gehabt. Etwas, das ganz und gar nicht nach Party ausgesehen hatte.

Dieser rätselhaften Sache musste ich unbedingt auf den Grund gehen. Deshalb beschloss ich, heute nochmals in das „Aces" zu gehen, diesmal jedoch vorbereitet. Der Retter der Stadt liess nicht locker. Ich war zurück und nahm meine Mission wieder auf.

Auf keinen Fall wollte ich etwas verpassen. Ich ging so früh wie möglich in den Club. Das war ungefähr um 11 Uhr, nachdem ich Frank im Poker besiegt hatte. Dafür schuldete er mir jetzt einen 25 Jahre alten schottischen Single Malt.

Im Vergleich zu gestern hatte es glücklicherweise deutlich weniger Leute, was mir erlaubte, einen besseren Überblick innezuhaben. Der Mann kam um halb eins und trug dieselben Sportschuhe und Massanzug, aber ein anderes T-Shirt darunter. Ich bemerkte ihn sofort. Sein eleganter Style hatte einen leichten Wiedererkennungswert. Witz. Es waren sein engelsbraunes Gesicht und der Rosenduft, die ihn verrieten.

Er ging zur selben Bar, an der heute allerdings ein anderer Barkeeper stand. Ansonsten lief die Szene fast identisch ab. Der Anzugmann sprach einige Worte zum Barkeeper, der verständnisvoll nickte. Anschliessend widmete er sich wieder seiner Arbeit, als wäre nichts gewesen. Der Mann im Anzug hingegen wirkte sehr angespannt. Er sprach leise und bemühte sich, ruhig auszusehen, doch es gelang ihm nur halbwegs. Sein Gesicht verriet, dass der Mann nicht zum Spass da war.

Wie gestern beobachtete ich den Barkeeper einen kurzen Augenblick zu lange. Als ich mich zum mysteriösen Mann umdrehte, war er mir bereits einige Meter voraus und lief gerade die Treppe hoch zum Ausgang. Ich versuchte, ihm durch die Menge zu folgen.

Für einen knappen Moment verlor ich den Sichtkontakt. Beim Ausgang angekommen, sah ich gerade noch, wie er in einen schwarzen Mercedes stieg. Das Auto war eine typische Gangsterkutsche: Getönte Scheiben ein breites Chassis, eine massive Karosserie, funkelnde Felgen und beim Losfahren röhrte der Motor mächtig. Womöglich gehörte der Mann zur Mafia. Jetzt hatte ich die Gewissheit, dass er ein Verbrecher war. Ich musste ihn zur Strecke bringen. Das war ich mir und der Stadt schuldig.

68

Am Sonntag stand ich hungrig auf und ass eine Schüssel Cornflakes. Das weckte den Tiger in mir. Den Gangster musste ich überführen.

Womöglich würde ich dafür eine Waffe benötigen, weshalb ich mich nochmals der Frage stellte, welche Tools denn zu mir passen könnten.
Ich würde sicher unterschiedliche Waffen
benötigen, die sowohl für den Nahkampf als
auch für den Kampf aus der Ferne geeignet
waren.

Die Auswahl für den Nahkampf war
deutlich einfacher, denn da konnte ich Messer,
Schlagringe, Schwerter oder einen Baseballschläger einsetzen. Nunchakus schloss ich aus
sicherheitstechnischen Gründen aus. Ich
beherrschte keine einzige Technik im Umfang
mit den Stäben, weshalb ich meine eigene
Sicherheit in Frage stellte. Am Schluss würde
ich mir die Stäbe noch an den Kopf hauen.
Oder an noch schlimmere Körperteile.

Für den Kampf in kleineren Distanzen
war die Pistole mein Favorit. Eine Armbrust
könnte sich jedoch ebenfalls als nützlich
erweisen. Eine Hellebarde zog ich nicht in
Betracht. Die war mir wiederum zu umständlich und auch altertümlich, denn als Held sollte
man schon mit der Zeit gehen. Ich möchte ja
nicht als Captain Hellebarde enden.

Je weiter die Kampfdistanz war, desto
schwieriger wurde die Auswahl. Ein Gewehr

gehörte zur Standardausrüstung. Ob mit oder ohne Visier war wiederum eine situative Frage. Handgranaten empfand ich als nützlich, bei einem Raketenwerfer wiederum war ich mir nicht sicher.

Alle Waffen, die ich nicht ausschliessen konnte, setzte ich auf eine Liste. Einen kurzen Moment spielte ich mit dem Gedanken, ein Netz drauf zu setzen. Dabei dachte ich an ein Gladiatorennetz. Frank jedoch kriegte Panik und drohte auszuziehen, wenn ich mir eines anschaffte. Bei ihm löste das scheinbar schlechte Kindheitserinnerungen aus.

Messer und Schwerter würden im Gegensatz zu einem Raketenwerfer sicher einfacher zu beschaffen sein. Ich war mir noch nicht sicher, ob ich alle Waffen auftreiben konnte. Das war meine Aufgabe für die kommende Woche. Endlich hatte ich eine Mission. Ich durfte nicht scheitern. Der Kerl vom Club durfte mir nicht entgehen.

69

Der Tag war um und die Nacht brach an. Meine Rundgänge waren jetzt egal. Einzige Priorität hatte meine Mission. Cindy jedoch wollte ich nicht vernachlässigen. Sie war mir wichtig. Ich zog meine Jacke an und machte mich auf den Weg für einen Besuch.

Bei ihrem Zimmer angekommen, klopfte ich. In einfachen Jeans und T-Shirt öffnete sie die Tür. Einen kurzen Moment schaute ich sie verlegen an, weil sie nicht ihre übliche Arbeitskleidung trug.

„Komme ich ungelegen?"

„Nein, wieso?"

„Du siehst nicht aus wie sonst."

„Ach so, du meinst wegen meiner Kleidung?"

„Ja."

„Eigentlich hätte ich frei, wegen dir bin ich aber doch gekommen."

„Wegen mir?"

„Ja, ich dachte mir schon, dass du vorbeikommst."

„Wieso das denn? Kannst du hellsehen?"

„Ich hatte so ein Gefühl. Irgendwann spürt man gewisse Dinge."

Mit diesen Worten legte sie sich aufs Bett, ohne meine Hellsehfrage zu beantworten.

Nach dem Geschlechtsverkehr zogen wir

uns beide wieder an. Ich schaute sie in ihrem ungewohnten Outfit an. Einen kurzen Moment lang wollte ich etwas sagen, blieb aber stumm, bis der Moment zu lang wurde und ich mich schliesslich verflüchtigte. Sie sagte ebenfalls nichts. Worte wären überflüssig gewesen. Ich liebte sie.

70

Am Montag und Dienstag darauf ging ich arbeiten. Mittags und am späteren Nachmittag servierte ich jeweils Tee, während ich in der Zwischenzeit Kunden beriet. Katja schaute mir dabei über die Schulter, um zu sehen, ob ich mich gut anstellte. Ausser einem kleinen Fehler verliefen die Beratungen gut. Aus Versehen verkaufte ich einem Kunden fast den falschen Tee. Zum Glück hatte Katja den Irrtum bemerkt.

Das „Teatime" lastete mich tagsüber aus, sodass sich die Beschaffung der Waffen erschwerte. Abends googelte, emailte und telefonierte ich, doch ich bemerkte sofort, dass die Zeit knapp wurde, weswegen ich mich ab Mittwoch bei Katja wieder krank meldete. Ich sagte ihr, dass ich einen Grippe-Rückfall hatte. Sie gab sich damit zufrieden, aber wahrscheinlich wusste sie so gut wie ich, dass Grippe keine Rückfall-Krankheit war.

71

Für das Karate-Training fertigte ich mir einen Spezial-Plan an. Ich wollte mir den letzten Schliff geben, damit ich am Wochenende für den grossen Einsatz bereit war. Ich wollte den Schurken um jeden Preis zur Strecke bringen.

Das Training beanspruchte mich sehr. Überall am Körper hatte ich Schürfungen und blaue Flecken. Das Schlimmste allerdings waren nicht die Wunden, die man sah. Innerlich drohte ich zu zerbrechen. Nur mein stählerner Wille hielt mich und meinen Körper zusammen.

Einige Waffen hatte ich schnell aufgetrieben. Messer und Schwerter konnte man in Waffenshops leicht kaufen. Selbst eine Pistole erhielt ich ohne viele Fragen. Ein Gewehr hingegen war wesentlich umständlicher mit allen Papieren und Formalitäten. Schliesslich wollte ich so anonym wie möglich bleiben.

Im Internet konnte ich von einem ehemaligen Jäger ein älteres Modell abkaufen. Mit der Fahrt zu ihm aufs Land verlor ich einen halben Tag. Da er aber keine Fragen stellte, war es mir die Zeit wert.

Auf der Rückfahrt traf ich per Zufall im Wald auf Robin Hood, mit dem ich einige Heldengeschichten austauschte und der mir einen seiner Bogen schenkte. Als Dank für die nette Gesellschaft oder so ähnlich. Ich schätze, das einsame Leben im Wald hatte nicht gerade viele soziale Vorzüge. Und obendrauf gab er mir noch einige Heldentipps.

Die Hellebarde kaufte ich einem Mittelalterverein ab. Die stellten alle Werkzeuge und Waffen selbst her. Das war praktisch. Keinen Erfolg hatte ich dafür mit dem Raketenwerfer. Der Verkäufer schüttelte nur den Kopf, verdrehte die Augen und lief verständnislos davon. Im Internet wurde ich ebenfalls nicht fündig. Ich fand zwar viele Modelle und Spezifikationen, doch kein Kaufangebot. Das war mir ein wenig rätselhaft, denn so ein Raketenwerfer hätte im Kampf gegen das Verbrechen wirklich nützlich sein können.

Am Donnerstagnachmittag hatte ich meine Waffen beisammen. Zusätzlich hatte ich mir noch ein reissfestes, handliches und sehr leichtes Seil gekauft. Am Bergsteiger-Shop konnte ich nicht vorbeilaufen und das Seil ignorieren. Das war sozusagen der Ersatz für das Netz. Damit rechtfertigte ich den Kauf. Man wusste nie, wann man ein Seil brauchte.

72

Da ich alle Waffen zusammen hatte, konnte ich am Abend ins „Aces" gehen. Ich trank keinen Alkohol. Ich wollte bei vollen Sinnen sein, falls ich sie einsetzen musste. Bis auf ein kleines Klappmesser nahm ich keine Waffen mit. Die Leute tanzten und jemand imitierte sogar meinen Moonwalk. Um sich mit ihm zu duellieren, blieb allerdings keine Zeit, denn ich musste die Bar im Auge behalten.

Die meiste Zeit hielt ich mich am anderen Ende der Bar auf. Von dort hatte ich die beste Sicht auf den Tatort und tatsächlich kam der Gangster auch dieses Mal.

Mit grossen Schritten lief er zur Bar. Er sah wütend aus. Irgendetwas schien sich aufzubauen. Ich konnte das spüren. Aufgebracht schnauzte er den Barkeeper an, der lediglich mit den Schultern zuckte. Das machte den Mann nur noch wütender. Er griff nach einem Glas, das auf dem Tisch stand, und warf es mit voller Wucht am Barkeeper vorbei in Richtung des Flaschenregals, wo es klirrend zersprang. Der Mann im Anzug schrie nochmals einige unverständliche Worte, bevor er wegging.

Geschockt von dem Schauspiel liess ich den Gangster in einem Anfall von Menschlichkeit unbeabsichtigt entkommen. Erneut blieb ich eine Weile zu lange fassungslos an meinem Platz. Als ich wieder zu mir kam, war der Mann längst weg.

73

Am Freitag übte ich mit Frank den Umgang mit den Waffen. Ein kaputtes Fensterglas und eine runtergefallene Lampe später sassen wir beide keuchend auf dem Sofa. Die Hellebarde hatte besonders grossen Spass gemacht, zugleich hatte es uns aber auch hungrig gemacht. Beim Lieferservice bestellten wir uns eine Pizza, die bereits kurze Zeit später bei uns eintraf. Ich teilte sie in drei Hälften und biss genüsslich hinein.

Nach der Essenspause fuhren wir mit Pfeil und Bogen weiter, was die Dimensionen der Wohnung fast ein wenig sprengte. Um einige Äpfel von der Küchenablage zu schiessen, reichte es jedoch.

Am Abend setzte ich mir ein klares Ziel. Ich wollte den Mann beobachten und durfte ihn auf keinen Fall verlieren. Ich musste in Erfahrung bringen, von wo er kam und wohin er nach dem Clubbesuch verschwand. Ausgerüstet mit dem Nachtsichtgerät, dem Seil und diversen Messern machte ich mich am frühen Abend auf den Weg. Ich musste vorsichtig laufen, damit die Messer nicht bei jedem Schritt klimperten.

Draussen war es zwar dunkel, doch noch nicht spät genug, dass der Club geöffnet war. Unweit vom Eingang stand ich auf der Strasse und schaute mich um. Ich suchte nach einem geeigneten Hinterhalt, um mich auf die Pirsch zu legen. Mit einem Mal sah ich das perfekte Versteck.

Mit dem Seil kletterte ich das gegenüberliegende Haus hoch. Auf dem Dach des dreistöckigen Hauses setzte ich mich hin und packte das Nachtsichtgerät aus dem Rucksack. Ich sah alles messerscharf, als wäre es mitten am Tag.

Ich erkannte den Wagen schon, als er heranrollte. Er kam von der Strasse rechts angefahren und hielt direkt vor dem Eingang. Der Gangster stieg aus, ging in den Club und kam exakt 17 Minuten später wieder heraus. In der rechten Hand trug er einen kleinen, schwarzen Koffer. Das war neu. Was mochte wohl dort drin sein?

Trotz meiner Supersehkraft erkannte ich den Inhalt nicht. Er musste ein unsichtbares Schutzschild haben, dass ihn von meinen Kräften schützte. Damit hatte ich nicht gerechnet. Er war also auf mich vorbereitet. Das Überraschungsmoment konnte ich demnach nicht nutzen, was ein Hindernis war. Ich musste demzufolge grösseres Geschütz auffahren, um ihn dranzukriegen.

74

Als der Tag mich weckte, war ich längst wach. Was war in diesem Koffer drin? Schwarzgeld? Drogen? Was auch immer es war, ich musste es herausfinden. Ich duldete keine Mafiaspielchen in meiner Stadt. Doch wie sollte ich ihn bloss zur Strecke bringen? Und dann plötzlich sah ich die perfekte Lösung wie eine eierlegende Wollmilchsau vor meinen Augen.

Gegen Mittag klingelte es an der Tür. Das Geräusch unterbrach meine Gedanken. Ein Kurier, den ich noch nie zuvor gesehen hatte, überbrachte mir ein Paket. Da dämmerte es mir.

Ich öffnete das Paket und nahm den Inhalt heraus. Er war meisterhaft.

Mein Superheldenanzug war angekommen. Das Timing hätte nicht besser sein können. Unverzüglich zog ich ihn an. Er passte wie angegossen und sah sogar noch schöner aus, als ich ihn mir vorgestellt hatte.

Die Farben strahlten in vollem Glanz. Insbesondere das Logo auf der Brust blitzte in voller Pracht. Ich kickte und boxte einige Male in die Luft. Meine Bein- und Armfreiheiten waren uneingeschränkt. Perfekt. Danach testete ich die Spezialfunktionen. Alles funktionierte wie gewünscht. Wundervoll. Der Anzug unterstütze meine Stärke und symbolisierte den Kampf gegen das Böse optimal.

Um unentdeckt zu bleiben, zog ich meinen Anzug wieder aus und schlüpfte in meine Alltagsklamotten. Den Anzug verstaute ich vorsichtig mit den Waffen im Rucksack. Es dauerte einige Minuten, bis ich alles hineingezwängt hatte. Dann wartete ich.

Ich trank einen Whiskey und wartete auf den Zeitpunkt, aufzubrechen. Der Tag floss langsam davon und machte der Dunkelheit Platz, die hinter dem Horizont lauerte. Das war mein Signal.

75

Bevor ich mich meiner Mission widmete, hatte ich noch etwas sehr Wichtiges zu erledigen. Ich musste Cindy besuchen. Sie stand auf der Strasse und hielt nach Kunden Ausschau. Als sie mich sah, lief sie mir entgegen. Sie sah so schön aus wie noch nie. Wir grüssten und küssten uns.

„Alles ist gut", sagte sie liebevoll.

Und ich wusste, dass das nicht wahr war, aber dennoch glaubte ich ihr. Sie hatte diesen Blick, diese vertrauensvollen Augen. Ich wollte ihr glauben.

Sie nahm mich an der Hand und führte mich den gewohnten Weg entlang in ihr Zimmer. Sie drehte sich um. Langsam begann sie sich auszuziehen. Lediglich die Unterwäsche übrigbleibend, hielt sie inne. Sie trat ganz nah an mich heran. Ich hatte noch alle Kleider an und den Rucksack am Rücken. Sie ging auf die Knie und öffnete meine Hose. Ich stoppte sie. Jetzt nahm ich ihre Hand und zog sie zu mir hoch.

Aus meiner Vergangenheit kannte ich

noch einige Zaubertricks. Aus einem Ärmel zog ich eine dunkelrote Rose und gab sie ihr. Dann küsste ich sie sanft auf die Wange. Cindy wollte etwas sagen, doch es gelang nicht. Einen kurzen Moment blieb sie zu lange sprachlos. Diesen Moment nutzte ich und teleportierte mich aus ihrem Zimmer auf das Dach des Hauses gegenüberliegend vom „Aces". Dort öffnete ich den Rucksack, nahm meinen Anzug heraus und zog ihn an. Dazu steckte ich die Stöpsel in die Ohren, um Musik zu hören.

> „And the sign flashed out its warning,
> In the words that it was forming."

Ich wollte den Moment geniessen.

76

Durch das Nachtsichtgerät schauend, behielt ich den Eingang im Auge. Ich wusste, heute Nacht musste ich ihn mir schnappen. Der Gangster im Anzug durfte nicht entkommen. Er hatte lange genug sein Unwesen in meiner Stadt getrieben und es war an der Zeit, dass ich klarstellte, wer das Sagen in dieser Stadt hat. Ich musste ein Statement setzen.

Kurz darauf kam das massive Verbrecherauto friedlich herangerollt, doch alles verlief anders als geplant. Geplant wäre, dass der Mann hinein ging, ich mich währenddessen hinunter schlich und sobald er rauskam, überfiel, mit dem Seil fesselte und zur Rede stellte.

Der Gangster jedoch stieg aus seinem schwarzen Wagen. In der Hand hielt er eine mittelgrosse, unauffällige Tüte, so braun wie sein falscher Teint. Darin könnte alles versteckt sein, womöglich sogar eine Bombe. Aus diesem Grund las ich seine Gedanken. Mir stockte das Blut. Es war noch schlimmer als befürchtet. Ich musste jetzt unverzüglich handeln. Es eilte.

Ohne zu Zögern griff ich zum Gewehr und schaute durch das Visier. Der Gangster lief los. Ich hatte nur noch wenige Sekunden Zeit. In ungefähr vier Metern würde er beim Eingang sein und mit dem Tütchen verschwinden. Jetzt hatte ich ihn im Visier. Einatmen. Ausatmen. Drücken. Es knallte.

Wegen des Rückstosses verrutschte das Gewehr und somit ebenfalls die Sicht auf das Ziel. Ich sah nicht, ob ich ihn getroffen hatte oder nicht, aber ich hörte schreiende Menschen. Ich griff nach dem Nachtsichtgerät. Beim Eingang des Clubs war ein Chaos ausgebrochen.

Verwirrt rannten einige Menschen umher, andere zeigten ungenau in meine Richtung. Ich musste mich verstecken. Hinter dem Schornstein duckte ich mich. Dann hörte ich Sirenen. Sie wurden immer lauter, was hiess, dass sie sich in meine Richtung bewegten.

Ich wagte es, einen Blick nach unten zu werfen. Drei Polizei- und ein Krankenwagen hielten vor dem Eingang des „Aces". Sofort versteckte ich mich wieder. Dann waren plötzlich wie aus dem Nichts zwei Männer in Uniformen auf dem Dach. Lautlos schlichen sie mit der Waffe in der einen und einer Taschenlampe in der anderen Hand umher. Ein weiterer Kampf wäre sinnlos gewesen. Sie waren nicht meine Feinde. Sie waren gute Menschen. Ihnen wollte ich nicht schaden. Sachte trat ich hinter dem Schornstein hervor.

„Hände in die Luft, wo wir sie sehen können und auf den Boden legen!", schrie der nähere Polizist.

Ich befolgte seine Anweisungen widerstandslos. Daraufhin rannten sie zu mir und legten mir Handschellen an. Sie führten mich nach unten zu ihren Polizeiwagen, wo bereits drei weitere Polizisten warteten. Beim vordersten Wagen öffnete einer der Polizisten die hintere Tür und drängte mich in das Auto.

Alleine sass ich auf der Rückbank. Mein Blick war nach vorne gerichtet. Das Gefühl war einengend. Es war, als würde mir die Luft zum Atmen weggenommen. Ich wusste, dass ich etwas getan hatte, das nicht in Ordnung war. Mir war nur nicht vollends bewusst, was genau.

Vor dem Polizeiauto hielt ein weiterer Wagen. Es war ein mächtiges, schwarzes Auto. Ein Mann in einem Anzug und Sportschuhen trat heran. Er öffnete die Beifahrertür und ich konnte die Musik des Autoradios hören.

„Hello darkness, my old friend,
I've come to talk with you again ..."

Der Mann stieg ein und das Auto fuhr davon.

77

Während drei Monaten entschied ein Gericht über die Strafe meiner Taten. Unerlaubter Waffenbesitz war ein kleines Delikt. Die viel schwierigere Frage, in der das Gericht entscheiden musste, war die Körperverletzung einer

Frau, die an den Folgen der Schussverlet-
zungen fünf Tage später im Spital starb. Mein
Schuss vom Hausdach hatte das Ziel verfehlt,
jedoch nicht die Brust einer Frau, die daneben
stand.

Nach mehreren Befragungen von unter-
schiedlichsten Fachpersonen kam das Gericht
unter Berücksichtigung deren Experten-Mei-
nungen zum Schluss, dass ich unter psychi-
schen Störungen litt und unzurechnungsfähig
war. Demzufolge war ich nicht in der Lage eine
Gefängnisstrafe abzusitzen. Das Gericht ver-
urteilte mich aufgrund dessen zu lebenslanger
psychiatrischer Verwahrung.

78

Nach meiner Tat war die Polizei in meine Wohnung eingebrochen und hatte sie nach verdächtigen Spuren oder gefährlichen Objekten durch-
sucht. Glücklicherweise hatte ich keinen Raketenwerfer besessen. Die Waffen, die sie jedoch
gefunden hatten, hatten ihnen dennoch nicht
gefallen. Ausserdem hatten sie ebenfalls das
Geheimzimmer, den Wohnzimmerboden voller
Alkoholflaschen und einen Goldfisch aufgefun-
den. Glücklicherweise schwieg Frank. Er verriet

ihnen keine Informationen. Er blieb stumm wie ein Fisch.

Auf der Küchenablage entdeckte ein ermittelnder Polizist eine Glühbirne. Er sah sie einen kurzen Moment lang an und schaute sich dann weiter um. Da entdeckte er die leere Fassung bei der Küchenlampe an der Decke. An der Stelle, wo die Glühbirne hätte sein sollen, schaute ihm nur das schwarze Loch der Halterung entgegen.

Der Polizist nahm die Glühbirne von der Ablage in die Hand, um sie hereinzuschrauben. Für einen kurzen, kaum merklichen Augenblick flackerte sie in seiner Hand auf, der Polizist aber hatte es klar und deutlich gesehen. Vor Schreck liess er die Glühbirne fallen, die am Boden in Scherben zerbarst.

Pelimel, der oder das, gehören zu der Familie und Gattung der Pelikankamelen aus der Ordnung der vogelartigen Paarhufer.

Entstehung: Pelimele entstehen, wenn ein Pelikan und ein Kamel eine heisse Liebesnacht teilen (Lufttemperatur > 45°C) und Nachwuchs bekommen. Es gibt zwei Gruppen von Pelimelen. Hat der oder das Pelimel einen Pelikan väterlicherseits, führt dies zu einem ausgeprägteren Kehlsack und kleineren Höckern. Ist der Vater ein Kamel, sind die Höcker leicht grösser und die Paarhufe an den Füssen markanter.

Ernährung: Pelimele sind wiederkäuende Fischfresser und ernähren sich ausschliesslich von pflanzlich-schwimmenden Seetieren. Ein durchschnittliches Pelimel benötigt 5-10kg aquatische Trockennahrung am Tag.

Vorkommen: Pelimele sind extrem scheue Säugetiere, welche selten bis nie von Menschen gesichtet werden. Wenn, dann werden sie meistens in wasserreichen Wüstengebieten gesehen. Beobachtungen wurden schon an verschiedensten Orten auf der ganzen Welt gemacht.

Danksagung

Die Geschichte von Mike hat mit diesem Roman ein tragisches Ende gefunden. Dass es soweit gekommen ist, ist nicht allein mein Verschulden. Ich danke ganz herzlich allen Personen, die mir geholfen haben, Mike in den Wahnsinn zu treiben.

Zuallererst bedanke ich mich bei Susanna Fazio für die konstruktiven und genauen Korrekturen. Ohne sie hätte die Geschichte nicht die jetzige Form.

Als Nächstes danke ich meiner Frau für die kritischen Anmerkungen. Nur dank ihr wurden die Erlebnisse von Mike zu einer emotionalen, spannenden und unterhaltsamen Reise.

Zuletzt danke ich meinem Vater für die Zeit und den Aufwand, die er investiert hat, um mir einerseits die vielen sprachlichen Feedbacks zu geben und andererseits das perfekte Cover zu gestalten. Vielen Dank!

Vom Autor erschienen:

Wie vom Blitz getroffen (2021)

Super-Mike (2022)